青海省作家协会
青海民族文学翻译协会 出版项目

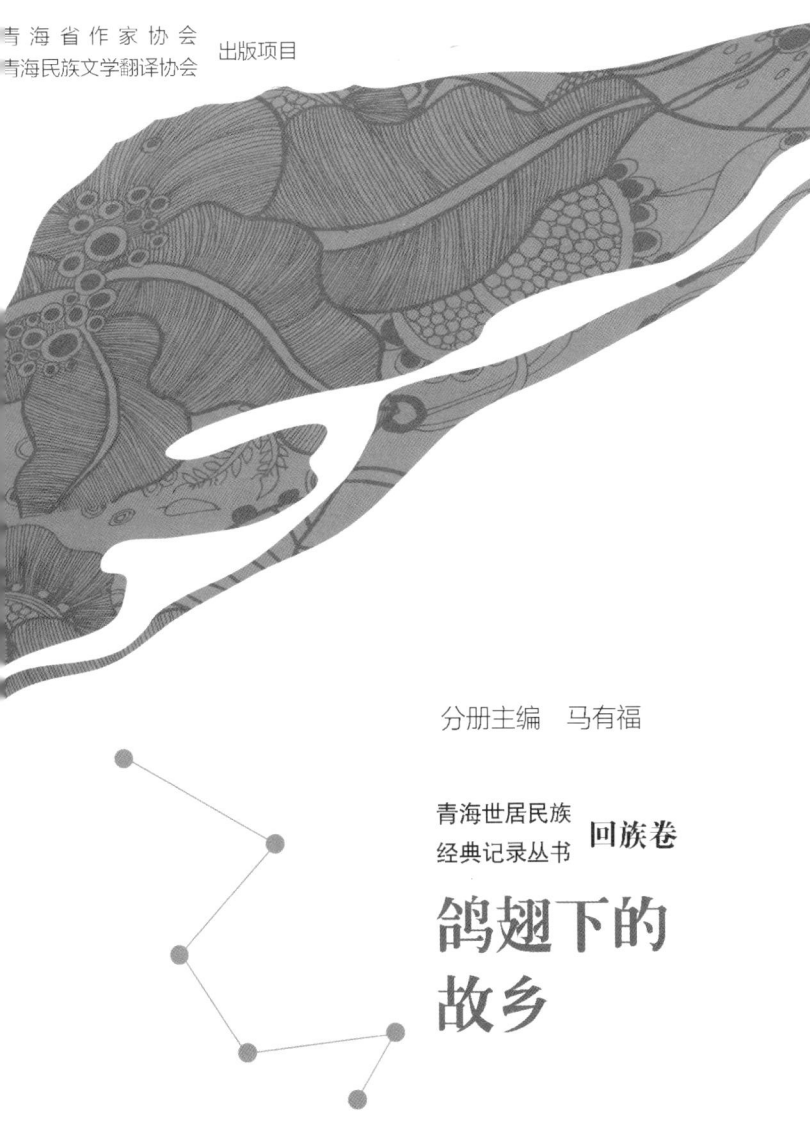

分册主编　马有福

青海世居民族经典记录丛书　回族卷

鸽翅下的故乡

青海人民出版社

图书在版编目（CIP）数据

鸽翅下的故乡 / 马有福主编 . -- 西宁：青海人民出版社，2019.11
（青海世居民族经典记录丛书 / 梅卓，樊原成，马非主编）
ISBN 978-7-225-05896-2

Ⅰ . ①鸽… Ⅱ . ①马… Ⅲ . ①散文集—中国—当代 Ⅳ . ① I267

中国版本图书馆 CIP 数据核字 (2019) 第 248991 号

青海世居民族经典记录丛书

梅卓　樊原成　马非　主编

鸽翅下的故乡

马有福　主编

出 版 人	樊原成
出版发行	青海人民出版社有限责任公司
	西宁市五四西路 71 号　邮政编码：810023　电话：（0971）6143426（总编室）
发行热线	（0971）6143516 / 6137730
网　　址	http://www.qhrmcbs.com
印　　刷	陕西龙山海天艺术印务有限公司
经　　销	新华书店
开　　本	787 mm × 1092 mm 1/32
印　　张	8.25
字　　数	200 千
版　　次	2019 年 12 月第 1 版　2019 年 12 月第 1 次印刷
书　　号	ISBN 978-7-225-05896-2
定　　价	32.00 元

版权所有　侵权必究

马文卫

二塘沟神韵无限　　3

四季，透心的甜美　　9

伴随与见证　　20

韩玉成

拉尔宁的森林　　31

梦回九道河　　40

韩有录

鸽飞鸽落　　59

石碗峡的瀑布　　65

烟雨南山　　73

马有福

炕　道　　79

唐瓶：似曾相识名归来 88
日月可鉴祁连心 102

马志荣

戊戌随笔 109

聂文虎

八宝仙境 135
峨　堡 142
二寺滩：堆砌记忆的词条 149

韩占春

光阴如斯夫 157

马玉珍

外婆的金火盆 185

酸菜飘香的日子 197
话说青稞面 205

冶生福

清茶记忆 213
花园在母亲脚下 224
乡愁是九月的麦草堆 235

马在渊

白牡丹令 245

马文卫

二塘沟神韵无限
四季,透心的甜美
伴随与见证

马文卫,男,1948年5月生于青海省门源县,从事中小学教育35年,被门源县志办公室聘为方志编辑。中国作协会员。撰写出版文学书籍13部,共300余万字,以小说创作见长。

二塘沟神韵无限

与浩门镇隔河相望的是门源地区有名的二塘沟景区。古代丈量土地路程,设五里墩亭、十里塘坊。墩亭是烽火台,塘坊是兵站。

二塘沟距离浩门古城十多里,过浩门大桥上高台,先是头塘,是这条兵沟古道的第一塘。头塘沟南北长10公里,在四五公里处向西分出二塘沟,向东分出达坂沟,中间向大山延伸的是马堂沟,三条沟分别通到山梁的青沙垭豁、北沟垭豁、达坂垭豁,翻越高耸入云的达坂山,直至大通县宝库五间房。

这里是千百年来的兵马之道,在穿越祁连山的丝绸古道中,从大通五间房过这条古道进老虎沟到达山丹,是天然形成的直线捷径。

有资料称：公元738年春，唐鄯州都督杜希望重兵与吐蕃决战浩门川（即门源川），摧毁了老虎沟口的吐蕃新城，打通了河湟谷地向河西走廊的通道，并在头塘达坂对儿山顶和老虎沟口东山顶立下铁柱，以显战绩和国威。

传说很早以前，在达坂东侧的对儿山西峰，有一根铁桅杆，高约数丈，不知何时所置，虽经风剥雨蚀，所余仍极长。据说铁柱毁于民国十八年（1929年），那年有一股土匪摧毁铁柱上半截，下剩五尺有余，1958年头塘有人挖铁柱准备炼钢铁，推运中，铁柱滚下山崖失踪。往昔岁月在此遗留的不只是唐标铁柱，上头塘村、下头塘村在农家院中曾经出土过古代遗物，有大刀、铜钱，还有石碑，石碑上面刻二龙戏珠，并刻有篆文，这些出土文物目前尚无考证年代，但它足以证明先民们在这里繁衍生息的悠久历史。

与头塘不同，二塘沟不仅是兵马古道，也是一处秀美的自然风景区。

每年春末夏初山峰冰雪融化时，二塘沟处处山涧淙淙，流水潺潺，时而悬崖瀑布挂成白帘，时而涓涓泉水汇成溪流，于是二塘沟就成了一幅名副其实的高山流水画图。

往深处走，二塘沟两面的山峰前簇后拥，重叠延绵，峭拔俊秀，各具神姿。有的匍卧溪畔，有的临水长立，有的凌空盘峙,有的避山弯涡。这里奇岩怪石更是千姿百态,栩栩如生,有的像伸角蹬蹄的牦牛,有的像奋鬣扬尾的骏马,有的像怒目圆睁的金刚,有的像亭亭玉立的仙女。

二塘沟的河水从西向东流来,与南面马堂沟的河水汇合于头塘最上端的俄博山嘴子,然后带着一种咆哮的架势往北倒淌,流入浩门河。二塘沟河水与马堂沟河水各具特色,前者善于跳,后者善于渗。

二塘沟河水是泛着白浪银花的河水,是一路带着欢声笑语的河水,总是跟河沟里大大小小的五彩石子嬉闹不止。一股清得透亮的山泉,顺地势急流,碰到巨大的河光石,"哗哗哗"地一蹦老高,瞬间在扁平的石面上飞溅成一朵银白色的水花,有时候阳光照射有了一定角度,银白色的水花就变成了五颜六色,像是天空中的彩虹被打碎了,撒下一团彩明珠。活蹦乱跳的溪水因大小不等、形状各异的石头所阻挡,凭液体固有的功能,或平淌缓慢,或流动湍急,或泼成水濂,或转成旋涡,或聚成小池,或散成湿地。然而,这里的河水无论怎样摔打折腾,从来不沾一点儿草屑,不掺一颗砂粒,自始至终保持着清澈见底。

马堂沟河水性格内向,喜欢平静地缓流,间或钻入石缝,渗入草地,又从另一处悄悄地流出,有的地方似动非动,像一片油;有的从石面上溢出,落在下面的池子里,发出木琴一样"叮咚叮咚"的声音,清脆悦耳,令人遐想。

不过,无论是二塘沟河水,还是马堂沟河水,看一眼清凌凌的,喝一口甜津津的,天下纯净矿泉水也莫过于此。都说这是苍天的垂赐,这是大地的奉献。

山岚弥漫、云雾笼罩的时候,二塘沟的景色影影绰绰,天上地下迷迷茫茫,人就有了一种成仙成神的感觉。一旦云消雾散,眼前瞬间一片明丽,世界纯洁、透彻得像一颗水晶,像一座冰雕。

盛夏的二塘沟便五彩缤纷起来,水晶晶、麻莲花、打烂碗、炮仗花……山花烂漫,万紫千红。尤其是漫山遍野的杜鹃花,洁白无瑕,一簇簇开放在绿油油的叶子中,像是一块绿毯上撒下的棉团,像是碧波荡漾的湖面上飘落着朵朵白云。

杜鹃也叫枇杷,分大枇杷和小枇杷两种,均为灌木。大枇杷有两米多高,胳臂那么粗,一墩一墩地合在灌木丛中,形状酷似干柴牡丹。小枇杷则苗条颀长,性格似乎孤僻,样子也很矜持,专在陡峭的山岩上生长,白白净净的,又细又端正,像披纱舞绸的秀女,显示出一种与众不同的风韵。还有一种更短小的杜鹃,当地人叫香柴,因为它散发着一种淡淡的清香。香柴长得密集,叶子和花朵也很碎很小,指甲皮那么大。叶子墨绿中透红,有的纯粹是咖啡色,花朵紫色、雪青、藏蓝都有。一根香柴筷子一样粗细,再高也就一米左右,一墩香柴几十根、上百根,无数个香柴墩能苫过一面坡,能苫过一道梁,能把一座大山包住,从远处眺望,整个山峰笼罩在一片蓝色的云雾中。

二塘沟溪水流出山沟那一段,是背靠南山的一大片草地,很纯的牛毛草,四五寸高,齐刷刷的不掺和任何杂草,像是偌大的天然地毯。人们野游,都喜欢坐在这片草地上,感受土地的清香,感受野草山花的清香,一阵阵轻风拂面,还有飞虫们的"嗡嗡"声,人们惬意地享受着大自然妩媚动情的风光。平展展的草地靠近南山的那里,就有了一簇簇的金露梅,把墨绿的草丛涂抹得金灿灿的,给人一种富丽堂皇的感觉。对面北坡茂密的荆棘中,间或有一墩一墩的银露梅,使绿色的山体有了许多亮色。

二塘沟生长羌活、柴胡、左拧根、狼毒、黄芪、虫草、蒲公英、萁艾等,这里不仅药材遍地,而且也是飞禽走兽出没的地方,来到这里犹如走进了童话世界,走进了动物王国。马鸡鹌鹑树梢上飞,野兔石羊山梁上过……

秋天的二塘沟别有一番景色,首先是天高云淡望断南飞雁那种遐想，皑皑白雪已经落到石山顶峰，在瓦蓝瓦蓝的天空陪衬下格外耀眼，石山欢峰下那块植被地带开始层林尽染，桦树率先披一头橘黄色叶子从四季常青的松柏中分流出来，山白杨也慢慢从树冠顶端变成淡淡的米黄。小溪两旁的黑刺林长满了火红色的沙棘果，让人看一眼就酸得直流口水。更有那一墩一墩亭亭玉立的黄刺与秋天激情相约，披一身火红的叶子，挂一身玫瑰色的黄刺果，把秋天的主题表现得淋漓尽致。走出沟脑，河滩草地便开阔起来，有了村庄，也有了山地农田。举目四望，塄坎上、夹滩里、沙梁上、大路边，蓝菊花一簇一簇地尽情怒放，把秋风蹂躏了几天的大地又装扮得绚丽多彩，秋天带给人们的那种凄凉、悲切、压抑、忧郁，被蓝菊渲染得荡然无存。二塘沟的蓝菊虽然没有牡丹那种浓香，但闻一闻却能体验到一种清爽的感觉，蹭到脸上的花朵宛如少女多情的发梢。庄稼黄了、割了，捆子密密麻麻地立在地里，二塘沟两旁的山地由金黄变成土褐，再变成枯黄，而蓝菊独立寒秋，蓝透了山地里的每一条塄坎，像是天工给每块庄稼地镶上了鲜艳的锦边。千万朵蓝菊伏贴着地面，风格很谦下，好像无数兄弟姐妹亲密无间，携手共存。秋风吹来，一片一片的蓝菊微微颤动，既让人喜不自禁，又叫人怜悯无限。

草枯叶落,早晨的大地铺一层冷霜,傍晚又刮尖刀一样的劲风,二塘沟的蓝菊毅然在那里释放菊之音韵,风骨铮铮地尽情享受生命的乐趣。

二塘沟是当地人夏秋两季出游野炊的好地方,尤其每年端阳节、六月六、八月十五,这里游人络绎不绝,河边林子炊烟袅袅,山里滩里欢声笑语,大自然与人类和谐共存、完美相处,于是,景更秀,人更乐,日子更红火,生活更美好。

四季,透心的甜美

春

真的,荒芜了整整一个冬天后,发现地面上透出了一根嫩嫩的草芽,带给我们的是震撼心灵的惊喜,随之而来的是孩子们的一阵欢呼雀跃:

春天来了!春天来了!

吃过黄连才知道蜜的香甜,熬过三九才知道春的暖和。正月一到,先是刮几天荒风,虽是有那么点儿飞沙走石的样子,但荒风一过,蓝天白云,地皮上的枯枝烂叶,包括人为的塑料垃圾都被风吹走了,大地干干净净的,就等春的光临。二月初,已是春风习习,阳光落在肩背上有了一种烫烫的舒适,田野里开始闪动着阳气。

天气暖和,大地泛绿,是我们盼望已久的事,我们唱着"一月一,青草芽儿顶地皮;二月二,地上跑着红虫儿",在院子墙根里、在小溪旁边,仔细地寻找新的一年中早早顶出地皮的草芽儿,好像在捕捉春天的影子。草芽儿见到了,大家施于一种亲切,施于一种爱抚。红虫儿也见到了,红虫儿绰号"新媳妇",针尖那么大点儿,通身红色,满肚子爪爪,在刚被春日光顾的地面上疯跑,路线从不端直,七弯八拐的像是在画什么地域边界线,那速度极快,在虫子世界里时速恐怕高达几百里。

这个时候间或刮点儿荒风,风一停,雪山冰滩不再那么白得刺眼,苦了风带来的一层土尘沙粒,黄澄澄的,黑乌乌的,开始消冰化水,山涧小溪便"叮咚叮咚"响个不止,像是谁敲响清脆悦耳的木琴。

清明前后,田地里弥漫着泥土的清香,过去是一对对的耕牛犁地，现在家家户户都有俗称"尕手扶"的小型拖拉机，"突突突"地满地忙碌。山地坡陡的地方，偶尔也有耕牛犁地，扶犁者弯腰甩鞭，田间地头留下赶牛的吆喝声。

小姑娘来送茶送饭，她在稀稀拉拉透着小草的塄坎上刚放下笼子、茶壶缓口气呢，却被一只忽闪的白蝴蝶惹起身，引得远远的。

春天是大忙季节，人们几天时间就把田园整理得平展展的，让种子在蓬松肥沃的土壤里发芽透苗，茁壮成长。

大地染上了淡淡的绿色，地里的青稞苗与塄坎上、夹滩里的小草一起竞长。最欢快的是那些小鸟，从东方泛鱼肚白的时候就开始飞到空中合奏晨曲。嫩绿的青稞苗和嫩绿的小草一起披着一身明晃晃的晨霜，以雪域高原的硬气和强健，正在接受初春早晚寒冷的考验，行人踩在草地上，脚下就发出"嚓嚓嚓"的声音，你弯下腰掐根草尖，硬邦邦的都冻僵了。

太阳还不到一树高的时候，清晨的冷气已被驱散，草苗们身披的明霜变成了晶莹的露珠，微微的晨风中小草颤动着身子，露珠也一点一点地被抖落在土地上。天空中飞翔的小鸟啁啾成一片，把欢乐的叫声一次又一次推向高潮，尽情欢呼春的到来，使大地充满生机，使山川气象万千！

家乡的春天是醉人的，因为家乡的春天送来了严寒过后的温暖，送来了荒芜之后的嫩绿和鲜美。春天的天空更加深邃，云朵更加洁白，远山更加巍峨，大河更加清澈，人的视野也更加开阔，天地的宽阔使心境也宽阔得无边无际。

夏

"五一"节过后，故乡的夏天姗姗而来。下几场透雨，田野更加碧绿，独长的禾苗已经成了一簇一簇、一墩一墩的，再晒几天暖烘烘的大太阳，就开始孕育着拔节抽穗了。白蝴蝶不再像晚春那么形单影只，一群一群地在绿油油的庄稼地里闪动，滩雀们叫得更欢，飞得更高。不过雌鸟不多高飞，因为它们到了孵化期。当你走在田边地头，脚下有时会"扑棱"飞起一只小鸟把你吓一跳，小鸟并不飞远，就在你头顶盘旋或在附近飞起飞落，你在脚下仔细寻找，几步范围内准有鸟窝。藏在草丛中或禾苗间的鸟窝有茶盅那么大，很具隐蔽性。鸟窝的建造也很精致，圆圆的像是在机床上旋转打磨过，外层是干枯的草秸，内层是各样的鸟羽兽毛，十分绵软而且烫乎乎的。这个时段的鸟窝不会是空巢，要么有两三个鸟蛋，要么有孵出的小鸟，张嘴朝天要食，嘴比身子大。

地边里、塄坎上，一墩一墩的麻莲叶比庄稼高，茂盛的麻莲叶当中长满着含苞欲放的麻莲骨朵儿，蓝色的花瓣从缝隙里拥挤着往外窥视，大片的蒲公英迫不及待地把金黄的菊花撒了一地。不过几天，滩里的、地边里的野花全部开放，蓝花、黄花满地铺开，稍微潮湿点儿的地方还有粉红色的水晶晶花，被花朵装饰起来的大地一片锦绣，使人恍若到了仙境天界。

男人扛着铁锨到田间去浇水。女人戴着草帽在地里拔草。夏天迷人的风光撩拨着男人和女人们那一弦心绪，于是男人们放开嗓门唱一首有些野味的山歌，引得女人们"咯咯"地笑，心里多少有点儿不安分，没心肠干活了，有心跟上情人了浪去。

农历的六月是家乡景色最美的时候，青稞抽穗了，绿色的农田突然间变得白茫茫一片，清风吹来，川里、山里摇动的青稞穗就像大海泛起的波涛。与之相间的是大片大片的油菜花，金灿灿的遍地连天，将四周装饰得富丽堂皇。清晨或者傍晚，漫步在田野，沐浴在百里油菜花海浓郁的芬芳中，那种清爽透心透肺，那种陶醉亦神亦仙。地边里拉牛吃草的小伙伴们，掐一节青稞秆做个咪咪儿吹起来，悠扬动听的咪咪儿声让人心里充满莫名的惆怅，仿佛牵挂一段未了的恋情。

六月的花草六月的水，六月的姑娘人人美。六月清晨的露水洗脸，不仅治愈皮肤病，更使皮肤又白又柔嫩，大姑娘小媳妇们把头伸到小溪里，让头发在清凌凌的溪水中尽情飘逸，然后在微风中吹干，发间插几朵滩里的小花，敢与仙女媲美。

秋

秋天是饱实、富有的，不仅满目金黄，而且硕果累累。可是说到我家乡的秋，首先要说的应该是蓝菊，因为它勾画出了一个凌霜自行、卓然独立的世界。

仲秋的蓝菊，一旦盛开，田间地头、房前屋后、小河边、夹滩里，凡是野外空闲的地方，总开一些蓝菊花，蓝得潇潇洒洒，蓝得实实在在，敢与天空比蓝，敢与大海比蓝，比得一切空间既清高淡雅，又热烈奔放。

蓝菊有蓝菊的品格，蓝菊像是轻索取而重奉献，她几乎选择最瘠薄的地方，把一寸枯根扎在干砂僵土中，顽强地生存着，最终展现出由几十朵甚至上百朵小花朵组合成的大花坛尽情怒放，把秋风蹂躏了的大地又装扮得绚丽多彩。秋天带给人们的那种凄凉、悲切、压抑、忧郁，被蓝菊渲染得荡然无存。

对孩子们来说，秋天最有趣的是挖"活萝卜"，这是一种野菜，吃的是根，酷似长白山的人参。在茬地里寻找到快要枯萎的两片叶子，挖一铁锹，底下就是白生生的"活萝卜"。风调雨顺的一年，那"活萝卜"长得可有点儿气势，有的像镰把，有的像擀杖，有的像婴儿的胳膊。绵"活萝卜"可以炒菜，可以调饭，它散酥酥的一身淀粉，吃起来很甜美，那是纯真的田园味道。"活萝卜"多了吃不完，就串来全挂在梁头，让八月的日子更加富有。

秋天的小溪静静地流淌，清澈见底，陡处水花四溅，平处像是一股缓缓而动的油。小溪早晨会结一层薄冰，像是盖了一块透明的玻璃，从大河游上来的小鱼在薄冰底下时快时慢地游动，如果往薄冰上扔一块石子，小溪的鱼会在瞬间无踪无影。中午薄冰开始融化，先是一块一块漂在溪水中若隐若现，一阵儿工夫便无影无踪了。下午，溪水有了一定的温度，小溪旁就蹲着许多洗洋芋的小姑娘，小姑娘们各自在小溪中堵一道石头，聚一泓清水，倒进一笼子刚从地里挖来的新洋芋,挽袖伸臂,在溪水中不停地搅动。洋芋洗净了,像一窝鸡蛋。小手冻红了,像几根鲜嫩的胡萝卜。她们这是趁早为晚上擀"巴鲁"做准备呢,"巴鲁"是面条,这里的人几乎每天都吃。尤其是八月的"巴鲁"堪称一绝,因为饭里调着新洋芋,一碗"巴鲁"里盛几个囫囵洋芋像剥了皮的鸡蛋摆在碗边,再有切成大块的肥厚的鲜白菜帮和新萝卜条,炝一把野葱花,那种饭香赛过现在大餐厅桌上的山珍海味。

还在厨房大锅里焅的洋芋,一揭开锅盖,一锅洋芋糌成了山丹花,稍加点儿火候使洋芋着上点儿焦巴,洋芋味儿会弥漫半庄子,馋得人们无不流下口水。

家乡有条大河,一到八月就风光别致,河水变清了,变小了,静静地流动,很乖顺的样子。两岸的田野、远处的山坡,都脱掉了盛夏那种浓绿的服装,色彩绚烂斑斑驳驳,层层叠叠,渲染着一种庄重、成熟、富庶和豪迈。黑刺滩一片火红,一墩一墩茂密的黑刺梢上,挂满一串串黑刺果,像是串连在枝头的无数红玛瑙。黑刺果也叫沙棘果,味酸甜兼之,霜冻前特酸,很有望梅止渴的功能,吃多了第二天牙酸得咬不成干粮。霜冻雪盖的黑刺果却酸甜酸甜,吃几串或挤一些果汁加糖当饮料,那便是田野馈赠的五液琼浆，能甜透心。夹杂在黑刺林里的黄刺，一簇一簇长得规规矩矩，每根枝杆也直溜溜的很贵气的样子，黄刺叶夏天是草绿，秋天是火红，远远望去，像是河滩里点着的一团团篝火。黄刺果呈倒挂穗状，暗红色，颗粒像大米，一束果一把籽，虽酸甜却不如沙棘。

　　黑刺、黄刺这些灌木丛长得一房子高，成了飞禽走兽繁衍生息的好地方。若在这里秋游，时不时地从脚下蹦起一只野兔，从头顶飞走一只野鸡，叫人又惊又气，哭笑不得。

冬

　　其实，我们还是很喜欢冬季，很愿意穿上棉衣拥抱冬天。虽说冬季严寒，但都是为来年的春做准备，为来年的夏打基础，为来年的秋给予遥远的祝福。严冬杀死了病菌，清除蝇虫，干净利索地清理一切枯枝烂叶，同时，让需要冬眠的动物和植物及时休息，履行对它们进行冬眠的义务，使它们来年更具生命力，动物体魄强壮，植物枝叶茂盛。

　　冬天把大地冻得硬邦邦的，不论是湿地、干地，不论是板结的地、松散的地，甚至是地里碾成的路、山里跑成的道，都一视同仁地冻，冻得裂出缝，鼓出磨丁。这都是为春天着想，为春天好，让春天面对美好的世界。到了春天，每一处土地都潮洇洇儿的、散酥酥儿的，适宜种子生须发芽，透苗成长。

要说冬天的功劳，还有的那就是冬天善于创造一个冰封雪锁的世界。一场冬雪，大山白了，田野白了，村庄白了，树木和大路都白了，眼前一片耀眼的洁白，世界从来没有这么干净过。晨曦中，首先看到的是白皑皑的雪地上几路野兔的踪影。太阳出来不久，雪地上踏麻了觅食的滩雀儿的爪子。接着院子里、巷道里有了人们叽咕叽咕的脚步声。老人们说，冬雪下了疾病少，或许是吧，因为病菌被冻死了，切断了病源。还说，冬天的人是火蛋蛋，说的是内脏热，元气盛，不怕冻，也冻不坏，不像夏天淋一场雨就大抖大颤，大病一场。

说到雪，给人的感觉，初冬的雪还有点儿水汽，软绵绵的。隆冬的雪则是硬渣渣，捏一把，手心都扎得生疼。

三九天不太下厚雪，都飘点儿鸡爪雪，就是薄得只能踏出鸡爪踪影的那种雪。有这样一句农谚，"一九一飘，石上生苗"，意思是每个九都下点儿小雪，这一年庄稼准有好收成。隆冬也下过厚雪，整整一冬消不掉，天气特冷，呵气成冰。娃娃们是家里圈不住的，天冷雪硬，滚不成雪蛋堆不了雪人，大家就在雪地上踩脚印，有脚跟对脚跟走的，有脚尖对脚尖走的，有的踩出一朵花，有的踩出一座城，有穿布鞋的把小石块冻在鞋底上，踩出的踪影让人费解，像是人的脚印上重复着怪兽的踪迹。

雪地是一张大白纸，任你踩踏出图形各样的画。

过去雪地追野兔是常有的事。兔子前腿短后腿长，厚雪里跑不快，老栽跟斗。下厚雪了，村里的男人们就去抓野兔，常常是一群人追一只，满庄子呐喊，满滩疯跑，有的人绊倒了瘫在那里笑，有的人实在跑不动，摸着肚上气不接下气像个癞蛤蟆。

滑冰是娃娃们最感兴趣的事。冬至头九一过，地下泉水上涨，满滩满地结成冰层，村里的孩子们就有了天然滑冰场，在比较平的冰滩选一条滑溜儿道，大家排队一个一个地滑，有站着滑的、蹲着滑的、双腿滑的、单腿滑的，也有先站后蹲的。地形陡的冰滩适合长距离滑，有的坐木板，有的坐石块，从最上端开始滑，会把握的，身子坐端，腿子叉开，一滑几百米。有的滑到半途太快了，身子一歪，石块木板从屁股底下溜了，人躺在原地上差点儿笑死。

气候干燥的冬天有时候也刮大风，常有旋风出现，有的旋风细长，有的旋风直径大到几米十几米，娃娃们钻进飞沙走石的旋风里,脸被小沙粒打疼了,就趴下让旋风从身上吹过去,有时候会把帽子吹掉,跟着旋风旋到很远的地方去。

其实,一年四季轮番而至,比一年四季春常在好。春夏秋冬各有韵味,大地色彩斑斓,人的感受也趣味盎然。我去过泰国,去过阿拉伯,也住过我们的三亚,我觉得常年的炎热、常年的碧绿都让人生厌。在泰国我呼吸不到清新空气,早晨打开窗户,透进来的是植物腐烂的霉气;在沙特,我真想望着雪山的清爽,来一股寒冷的清风。我觉得我的故乡的四季,总是给人一种透心的甜美,哪一季都让人流连忘返,无心离去。

伴随与见证

我怕讲不好这个故事,一直踌躇不决,现在终于提笔落字了,毕竟是亲见亲闻亲身经历。

1962年8月我离开家乡踏进了浩门古镇的大门，那时我十二岁，从此一晃就是多半个世纪。其实真正来古镇的时间比这还早整整十年，那是1952年的初春，全国土地改革运动即将开始的时候，父亲驾上马车，拉上母亲和三岁不到的我，太阳快落的时候从二十里外的沙河来到街上看电影。那次演电影恐怕在门源史上是首次，前来观看的人上川下川都有，白布影幕挂在东门外的城墙上，我现在谋量大约在下广场青少年活动中心那一带，当时是农田和坟地，马匹和车辆密密麻麻的到处都是，马脖子的铜铃铛比人们的说笑声还噪闹。

这是古镇给我的第一印象，在我脑海里留存了一辈子。不是诓言，幼小就有记忆的闪光点。我至今还朦朦胧胧记得小时候爬到马蹄旁差点儿被踏死的事，妈妈说那时我才两岁半。我四五岁时还到过古镇，古镇四四方方一座城，大什字有鼓楼，马车穿过城门洞和鼓楼道时，马蹄声和车轮声特别响，有扩音机和音箱那种感觉。

话又说回来，那时候乡下人把古镇叫街，比如说，人们上街去了，他是街上人。1962年我考到海北民师的时候，古镇的城墙大部分还存在，只是四面的城门洞和大什字的鼓楼已经拆除了，北面和东面城墙根的护城河依然盈满清水，波光粼粼。东门外已是开发区，州委、州政府、州电影院、州医院、州家属院都已修建，最醒目的是海北饭店，一幢大楼主体四层，中间五层，在周围全是平房的背景中越发显得高大雄伟，像只猛狮蹲在东门口，使古镇有了神乎其神的姿态。

这是古镇的第一座楼，也是当时唯一的一座，平面的古镇开始立体起来。古镇并不繁华，商气很不足，东街只有第一、第二两个紧连的国营门市部，第一个卖日用杂品，第二个卖服装布料。南街上端有一个国营百货门市部，南端有个老头合作商店，后来东街中端又修了蔬菜门市部。

在我的记忆中，古镇的发展变化有这样几次高峰期。我师范毕业后在祁连山小学任教十多年，也就是1978年党的十一届三中全会以后，古镇开始变样了，三四年时间，海北州政府大楼、州委大楼、州民师教学楼、州文化馆大楼、还有大河沿上的毛纺厂大楼，几乎同时拔地而起，紧跟着古镇城内也开始变化，第一百货大楼、县委县政府大楼、新华书店、粮油议价门市部、邮电大楼等都修建成高矮不一的新型建筑物，使古老的大什字以一种崭新的面貌出现在古镇的正中心。尤其是东街第二百货大楼的新建，让门源人好好过了一把逛街瘾。四层楼啊，一层卖日用品，二层卖鞋袜毛巾床单，三层卖衣服裤子毛衣针织品，四层卖布料绸缎棉花白线。层层楼里货物琳琅满目，层层楼里顾客熙熙攘攘，人们高兴得合不拢嘴，都说"像西宁了，像西宁了"。

与此同时，泥泞不堪的北街、南街、东西大街得到根本性平整，路面铺上了柏油，尽管是众手扶拉着烫沥青搅拌的石子，人工用铁锨撒开坦平，但比坑坑洼洼的石砂路面强百倍，雨天无泥浆，风天无灰尘。尤其北大街的修整更是大快人心，过去一到春天，老虎沟口河水漫到农田地头到处乱流，从当时的祁中西侧一直灌入北大街，北大街常常水淹金山寺。

当时干部职工私人打庄廓盖房子成风，旧时倒胡墼烧砖瓦的窑沟槽里坐落着卫校、女中，还有当时的门源县第二完小，物资公司、农机站、种子站也都挤在这里。上窑沟、高家梁这些荒滩坟地庄廓连着庄廓，瓦房对着瓦房。城北大片农田被占用为住宅区，老百姓称官庄，从东到西几里地都一座座庄廓、一幢幢瓦房排列整齐，南北数，从一排至十排。从那时起，古镇悄悄地开始扩延、拓开。

1993年州府搬迁走了，几年当中门源县城建设的脚步相对缓慢，州级机关移交的那些旧楼每年也够维修的。

不过，只是几年，古镇按捺不住腾飞的激情，终于在跨越千禧年前后，抓住西部大开发这一千载难逢的机遇，又迎来一次发展变化的高峰期。变化首先是西门口，那儿临街房屋破旧凌乱，街道狭窄，汽车马车混淆拥挤，路边巷口粪草垃圾随处可见。说是街，其实是并不景气的乡村。然而说变则变，就那么一两年时间，供销大楼、新华宾馆、烟草公司、移动通信四座大楼四角鼎立，整洁宽敞的西门什字从天而降！

西关街向西延伸，宾馆旅店、餐厅饭馆、学校车站、货铺商店等楼房排列在大街两旁。西门的发展几乎要占老街的一半，外出两三年回家的人到汽车站下车，都恍恍惚惚的，怕走错了地方。

我们十分关注古镇修高楼，其实我们早已记不住修了多少幢大楼，像草原站、县一中、二中、小学、公检法司法单位、银行超市、粮站油库等，好多单位的大楼修建工地、修建场面我们见都没见，大楼已经完整地矗立在那里了。

从这个时候开始，古镇的建设和发展步入常规，年年月月都有新变化。大街街面再一次扩宽修建，环城路已完整地形成，平坦宽敞的街面由高档柏油铺成，质量好款式新颖的路灯，使古镇开始有了城市风度。

2006年至2016年这10年间,古镇的发展那真是大气派、大运作、大显身手、大展宏图,社会发展突飞猛进,城镇建设成绩斐然,使人们真正懂得了什么是中国梦,什么叫梦想成真。

已经是古镇的人了,情系古镇理所当然。听说古镇要拓宽外延,我便有了莫名的欣慰,我不知道古镇将会怎样打扮自己,于是我常常漫步在古镇周边,古镇建设和发展的每一步都使我有着情不自禁的激动。

一位老北关农民说,他们这些坐地户都要搬迁,他的庄廊以北这一片庄稼地被征用了。不知是留恋还是兴奋,他静默片刻后才给我指指画画,说将来这里是广场,那里是县委县政府,这半截岗青公路要挖掉,加宽,重修哩!

他说得天花乱坠,我似信非信,望着那一片空旷的荒地,心里觉得有点儿玄乎。

这是十几年前我和他的邂逅寒暄。

果不其然,这位老农说对了,现在的古镇新城区完全是他曾经描述过的那样。

那几年古镇的大作派让人惊叹连连。

最初让人不解的是远离古镇西门口的疙瘩滩,突然修了一条南北走向的育才路,铺沥青路面,两边是彩砖人行道，有下水道，有路灯，路旁还栽了两行一人高的圆柏。

这是很有档次的路啊，怎么修到了这里？我坐在路边百思不得其解，那时州二中建楼开始，门源县第三寄小才圈院墙挖修建的地基。

那年国庆之后，秀水路、环城北路、锦绣大道、康庄路、金牛路、龙驹路等相继开始挖地基，偌大的开阔地里几台挖掘机紧张地劳作，就像在一张白纸上作画作图，自由畅快。我隔三差五就到这里感受，古镇变化太酷、太牛、太霸气。

大楼和街道的修建同步进行，新城的修建和老城的改造同步进行，小区的建设和园林的建设同步进行，改革开放让古镇的变化目不暇接。

新城区开发修建正热火朝天的时候，古镇老区出现了一条步行街，又出现了一条民俗街，这是睡梦里都没有的事。步行街前身是北粮站和水站那条小巷道，民俗街前身是南街小什字东西巷道，狭窄得两辆马车错车都难，夏季雨天全是泥坑水浪，冬季浮土一层，一有大风顿时扬尘弥漫。可是说变就变了，四车道、硬化路，下水畅通，路灯辉煌，两边彩砖，绿树成荫。近期又在古镇辟出一条北关中路，一条崭新的大街自西向东穿过半个镇，原来的北大街向北延伸，穿过北关中路，穿过环城北路，一直接到锦绣大道，稍一偏，又与府东路相接。

20世纪末，原八一厂大院里一口气修了十几幢住宅楼令人目瞪口呆，茶余饭后有了关于虹源小区的话题。千禧年一过，古镇的大楼像雨后春笋，拔地而起。楼房一群一群，小区一片一片，金浩园、金色家园、浩云佳苑、明慧家园、景林佳苑、锦翠家园、紫荆家苑、秀水花园、御馨花都E区、荣浩嘉苑……北方的住址，南方的名称，都市的风度。当时有人说，古镇一年要新建80多幢大楼，城建局忙得顾了头顾不住尾。

过了两年，人们正在适应小区这一空间概念的时候，又出现了一个格林小镇，我们这一代不理解的大有人在，说浩门镇又成立了一个小镇，接着又有了个花海中央城，接着又有了个荣浩嘉苑，使古镇镇里有镇，城里有城。

最令人感叹的是锦绣大道，像是仿造十里长安街。从中疙瘩村到窑沟槽，也差不多是十里，八车道，平坦，大气，两旁规范的人行道、林荫道，青杨、云杉、探春、马尾松等相互套种，都是内地园林的特色，能把人们引入一种不曾有的梦境。

新建街道两旁的路灯有的象征油菜花，有的是宫灯、华灯,一街一种灯,一路一样树,广场公园、人工湖等设施提升着古镇的品质,夸张点儿说,古镇有了城市的风貌,城市的姿态,城市的派头。

韩玉成

拉尔宁的森林
梦回九道河

韩玉成,男,回族,青海省湟中县人。十九岁起发表诗歌、小说、散文,出版小说集、诗集数部,青海省作家协会会员,中国少数民族作家学会会员。曾获首届青海省政府文学奖。

拉尔宁的森林

我要带你走进的这片森林,更接近于我少年时期的生活本真。因为我的祖辈们都是居住在这片森林里的,从幼年记事开始,我就是这片森林里的一个分子,一个自然的存在。

拉尔宁的森林,或者说是坐落在一片原始次生林里的这个村庄,叫拉尔宁。森林没有自己的名字,村里人只叫它"占岭"。它的归属是湟中县上五庄国有林场。拉尔宁的森林,北边连着水峡林区,南面与大寺沟林区相接,西面直通到青海湖以东的三角城边缘。关于拉尔宁这个名称,无从考证,我所知道的,只是它的归属很有渊源,曾是宗喀十三族之一隆奔族所辖一系,其领地主人是拉科官人桑杰尼珠。《塔尔寺志》曾记载,正是这位桑杰尼珠出资修建了塔尔寺最早的八宝如意塔。后来，拉尔宁所在的这条川又成了西纳家族的世袭领地，叫西纳川，民间称谓沿用至今。据此推演，拉尔宁，应是藏语演变而来，虽不能准确知道原意，但我们村里的长辈们则一致以为拉尔宁就是藏语的转音，意思是有本事，或者说是很厉害。有句口头禅为证："那你这个人的拉宁大呗？"中间省去一个"尔"字，意思却是"你的本事大呗"。而现在周边的人们一提起拉尔宁人，也自然觉得与众不同，觉得拉尔宁人天生蛮荒，什么硬事悍事都能干得出来。

道完这点汤头，我们言归正题说拉尔宁的森林。

在我十八岁离开拉尔宁村之前，我是发誓要逃离这片森林的。因为几乎与我家生活有关的事，都与这片森林有关，我也从记事起就淹没在这片森林之中，干着力所不及的各种累活儿。

1

冬天的森林，在我的心中是黑白两色的世界。那时候的冬天，总有下不完的雪。下雪的时候，山村就覆盖在灰白色的厚厚的纱幔之中，混沌如天地未开，万籁俱寂，只有沉雪压断树枝的脆响声,或远或近,听上去格外刺耳。而一旦雪后放晴,村庄和森林则呈现一片银白,尤其森林深处,除了雪的纯白,就只有松树的青黑色和白桦树梢的一片暗褐色。每当林间的疾风呼啸着掠过树梢,就有一片片的雪雾升腾而起,为单一的白色增添了几分仙境般的神性和缥缈。

这样的天气里,山村就会突然喧嚣起来,年轻小伙子们就不约而同上到北面的阳坡里去抓野鸡。拉尔宁的村庄,南面是乔木灌木混合林,北面的阳坡地则是低矮的石缝灌木和人工强行开垦出来的45度左右的耕地。在这样的生态环境里,生息着不少的野兔、锦雉、斑鸠、鹌鹑、狐狸和狍子,拉尔宁人把雪地围猎统称为"抓野鸡",雪雾弥漫中,人影幢幢,喊声四起,仿佛再现一场远古的战争场面。而在人们的惊吓、追逐中,那些因大雪覆盖而缺食的野生动物惊恐万状,能飞的乱飞腾,能跑的乱奔跑,在人们持续的追逐下筋疲力竭,最终被生擒活捉。更有一些疲惫不堪的野鸡鹌鹑们顺山势往低处滑翔,常常落进庄廓院里,被烧火做饭的女人们逮个正着。"大雪下在山里,野鸡掉进锅里"的玄话由此而来。

而这样的围猎,我是从没有参与过的。原因很简单,我是家里的长子,无论什么天气,必须每天进山"打硬柴"。所谓"打硬柴",就是不能砍活树,不能折活枝,而只能拣拾枯死的树枝,用斧头背砸那些枯死的树桩和顽根疙瘩,背回家来码成垛,用于一家老小生火盆取暖御寒。早上,我穿着塞了干麦草的牛皮酸巴鞋(就是把一片牛皮用细麻绳缝成个像鞋的脚套),提一把五斤砍山斧,背一个超级大的背篼进山,在林海雪原里深一脚浅一脚地蹚雪,搜寻枯枝朽根,待打满一背篼"硬柴"回家,已是午后时分了,倒出柴疙瘩码上垛,脱下酸巴牛皮鞋,从鞋里能倒出两摊融化的雪水,而我的脚趾也已经被冰冷的雪水泡得发白,脚踝处的裂口上,血水与雪水泅成一抹淡淡的殷红,手上的裂口像张开的嘴巴,上面也渗着血珠子,手脚早已麻木,不知疼痛。

整整一个冬天,我的日子就在这样的循环往复中度过,所以在我的心目中,冬季的森林就是黑白世界,我的躯体感受到的只有劳作带来的疲倦和手脚裂口的钻心疼痛。

2

春天的森林,是泥泞与蓬勃的。山里的春天来得迟,最先感觉到春消息的是阴山根里消融的雪水和桦树根部萌出的嫩芽。那嫩芽仿佛从桦树根里一生长出来就浸了蜜糖，用手掐黏黏的，用嘴抿甜甜的。我一直认为，这感觉香甜了我的整个少年时期，是森林给了我一冬劳作的慰藉，我尝到了森林的甜蜜。再后来，桦树长出了新绿的叶子，冬季里一直发黑的松树渐渐变成深绿，灰色的灌木丛变得绿意盎然，渗水的地衣上有昆虫爬行。每当这个季节，我就莫名其妙地兴奋，就想在一个人的时候唱个不着调的小曲儿，比如"一个么就尕老汉口哟哟"什么的。特别是森林边上会早早开出一种蓝莹莹的小花，有淡淡清香，后来才知道那是高山龙胆花的一种。继它之后，黄色矢车菊也开放了，猫儿刺、鞭麻花、大小金樱子相继吐叶开花，整个森林开始活跃起来。

拉尔宁的森林，是一条长长的林带，就横在村庄的南面，并延伸到拉尔宁河的源头——九道河以西。村庄前面的最高峰叫鹦哥儿嘴，但我至今也没看出来它与鹦哥儿和鸟嘴有什么关系。在农历四月份的一段时间里，鹦哥儿嘴面朝西北方向的一面坡上，顺山势凸起五条斜岭，岭上生长着大片的野白杨，这些野白杨树的叶子展开后，会依次呈现出褐红、赭红、铁锈红、紫红、粉红等五种红颜色的树叶，其中粉红色居中，像五条红绸带垂挂于五道岭上。阳光明媚的日子，从村庄里望上去，五条深浅不一的红色岭坡，如五朵红色云霞落地，似五条红色彩练凌空飞舞，奇幻无比，令人神往，是拉尔宁森林最为奇特的一季景观。只是野白杨树叶每年春天的这次红色集会，仅仅持续不到20天的时间，就变成一水儿的深绿，隐没在一片绿色的林海之中了。

3

夏天的森林，是一片浓得化不开的绿。高大的乔木，如松树、白桦、紫桦、野白杨，在蔚蓝的天际下高擎着绿色的手臂，恣意地书写着生命的蓬勃和张力。而那些波浪般起伏的灌木丛，更是绽放着缤纷的色彩。黑刺林虬枝苍劲，黄刺墩威风凛凛，金樱子、山皂角、野樱桃、棉柳、柽柳、鞭麻以及无数不知名的灌木，把林子里的空间挤得充盈而错落有致。在这些灌木的空间里，更有如绿毯般的针茅草铺满大地，几乎见不到裸露的土壤，就是那些山间石头上，也覆盖着或绿或黄或红的地衣，长满了蓬松的苔藓，开满了结构独特的石花。高天上白云如棉似絮，大山里绿波荡漾涌动，红嘴鸦白脖鸦花喜鹊飞翔鸣叫，雀鹰猎隼红隼在高空悠然巡睨。天上地下，到处是生命的旗帜，到处是生命的音符，置身其中，只感到人的渺小、生活的沉重和大自然的博大宽厚。面对大山，敬畏之情油然而生。

4

秋天的森林，最为丰盈多彩。记得少年时期，家里日子过得紧，每天的干粮都是有限的，嗓子眼里总伸出一只饥饿的手，搅得胃瘪肠拧的。而一到秋天，我和我那几个一起放牛打柴的小伙伴儿，就不稀罕从家里多带一块青稞面干粮了。一进入森林，抬头低头，到处都是颜色鲜艳、香甜美味的野果子，尽着你放开肚子吃，既充饥，又有营养，用现在的话说，都是绿色有机、富含各种维生素的天然食品。有些野果是从夏天就一直有的，到了秋天品种就更多了。贴地而生的，有鲜红的野草莓、雪白如珍珠般的棉蛋儿、绵软如脂的蒿瓜儿；略高一点儿的，有紫葡萄一样的马奶子，顶花带刺的树红莓，还有高过人头，如微缩西瓜，能酸掉牙的酸瓶瓶，深紫色的野樱桃，羊褡裢……林林总总不下二三十种。野果子不仅省粮果腹，也给我沉重的少年时代留下了最为甜美的记忆。

甜美的秋天,也是我淘宝的季节。森林里有各种中药资源,可供我们采挖。我最喜欢采挖党参,党参价格最贵,十分难采挖,我曾跟着爷爷学会了挖党参如何闻味道、认茎蔓、看花头、刨参须的绝活儿,多的一天能挖到十几棵三年龄以上的好党参。村里供销社的李老头说,这个娃娃挖的党参成色最好。当然,给我的价钱也最高。所以我现在想起来,还是喜欢党参花那种独有的香气。供销社的李老头还常说,拉尔宁的羌活、小柴胡、贯众、党参、金樱子品质最好,交到上面去,医药公司的人抢着收,总是供不应求。

在还不算远的那个年代,生活在森林里的人,对森林的索取有时也是无度的。那时候,拉尔宁的山货远近闻名,黑刺木和桦木做的鞍子头、松木和桦木做的木轮大车自不必说,用的都是大材料。而最闻名东部农业区各县的是出自拉尔宁的桦棍,在我的印象里深入骨髓,不可磨灭。所谓桦棍,包含了从铁锹把、榔头把、板锨把到打麦子的桂枷、厨房的擀面杖、老师的教鞭以及各种长短不一的棍棒,都是从拉尔宁的森林里砍伐来的桦木,因为拉尔宁山里的桦木生长笔直,纤维牢固,质地坚硬,经久耐用,广受十里八乡的农民喜爱。拉尔宁人贩山货的足迹遍布湟源北乡、拉沙、多巴、拦隆口、李家山以及大通、平安、乐都各地。国营的供销社也大量收购,调往全省各地农业区。至今,"拉尔宁的桦棍"一词,仍有双重含义,一是对山货质量的褒奖,二是对"拉尔宁人"性格端直、行事硬朗、宁折不弯的评价。

拉尔宁人对自己身边的这片林海,向来充满敬畏,村里的护林制度极为严苛。任何季节,都不得砍伐活的乔木和灌木,生火做饭的柴火,必须到远离村庄十几公里以外的九道河最深处的高山灌木林割伐。村里选的护林员都是铁面无私、六亲不认的生猛之人,有谁胆敢以身试法,必受重责重罚。当然,现在的农村非那时可比,许多农具淘汰了,生产方式转变了,盖房用钢筋水泥,取暖做饭都烧煤,森林也不再承担那些供养人类的原始义务了。如今,拉尔宁的森林,只是一片水源涵养林,只是一座天然大氧吧,只是一片深绿色的林海,只是我少年时期粗重喘息的沉重记忆。

一方水土养一方人,一方人兴一方水土。大山与小村,自然与人类,只有和谐相处,才能共存共荣。拉尔宁的森林,便是最好的见证。

梦回九道河

我确定,我昨夜的梦又与故乡的九道河有关,以至于梦醒之后,我的思绪依然久久不能回归到我现在所居住的这片偌大的钢筋混凝土森林里……

我眯着眼睛,回味这些年所做的梦,好像总是纠结着同一个主题,就是关于九道河,以及与九道河息息相关的一些人和事。

梦境:奇幻天空

天空很广阔,从未找到过边际
却镶嵌在我的眼睛里
天空很深邃,鹰也望不到底
但轻轻一晃,就溢满了我的梦

天空并不是空的。在我的梦里,天空投影着地上的一切,天空也投影着人的心灵。天空是最为生机灵动的,天空也是变幻莫测的。据说，天空还是我们的信仰和灵魂通往归宿的必经之路。只是我并不知道，那是彩虹铺就的云梯，还是时光织成的隧道。

在梦里我常常可以飞翔，我以一朵云的姿态，悠然掠过整个拉尔宁大庄的上空，我的影子与山林和河水交融。在天气晴好的日子，我常常看到成群的野鸽子轻盈飞过，红嘴鸦和白脖鸦们从树梢飞到阳坡上觅食，还有那秋日的大雁变幻着人字的队形，"咕咕嘎嘎"地掠过头顶，给人留下一年的念想。其中有一幅天空斗鸟图，更是生动而有趣。

夕阳西下时分，几乎不分季节，隔三岔五就能看到一群乌鸦在林梢之上，与一只金雕追逐翻飞，缠斗不休。金雕体长近一米，翼展近两米，是高大陆上著名的猛禽，而乌鸦的个头比野鸽子大不了多少，却结成团伙，在天空中与硕大的金雕殊死较量。一般是三四十只乌鸦斗一只金雕，乌鸦们"咕呱"吼叫，上啄下追，而金雕闪转腾挪，高举低挡，偶尔也发出一声惊空遏云的凄厉鹰唳，这可能是强者对乌鸦团队的纠缠表示出的极大愤怒吧。这样的空战场面，在拉尔宁大庄的上空时常可见，但没人在意是怎么开始的，也没人知道它们的胜负。听老人们说，乌鸦斗老鹰的原因是老鹰偷吃了小乌鸦，或者是老鹰偷吃了乌鸦的蛋。

在村里老人们眼里，无论是金雕还是黑雕，无论是猎隼还是游隼，一概称之为老鹰。关于乌鸦斗老鹰，先辈们留下的哲理是：一只老鹰永远斗不过一群小乌鸦，人的能力也不在体格大小，而在于尊严和意志。

我梦里的天空，除了这样富有戏剧性的空战画面，更多的是明净的湛蓝和深邃与旷远。仰望这样的天境，很容易让人灵魂出窍，忘了自己是在前世，还是在来生。在晴朗的天气里，还有一种体型较小的䴉，也属于鹰家族的一员，它能借助上升的热气流，快速振动翅膀，在一个点上悬浮十几秒钟，人们从地面上看它，仿佛它一动不动，很是奇特。其实这是䴉的一种捕猎技巧，它把自己固定在空中，来准确锁定地面上的猎物，比如田鼠、青蛙、鼠兔，甚至山雀或者小蛇。每当䴉像风筝一样悬浮在空中时，看见它的孩子们就兴奋起来，说老鹰正在踩蛋哩！风里头有一只看不见的母老鹰！哈哈，童言真是无忌得很！

关于天空，我一直怀有敬畏，尤其是自从九道河的天空中下过一场冰雹蛙之后，我深信天上会发生任何想不到的事情。那大概是1970年代某一个夏天的午后，原本晴朗的天空被乌云笼罩了，狂风呼啸着卷起地上的枯枝败叶，连同尘土杂物，铺天盖地，肆虐着九道河的莽莽山林和土围墙里的低矮房屋。乌云将天地罩成一团漆黑,电闪雷鸣,一道道蛇形闪电带着耀眼的光芒从天空直刺大地,紧接着一声声炸雷滚滚而来,"轰隆隆"滚到头顶上猛地就"咔啦啦"炸响,似乎要以这雷霆万钧之势,劈山断水,震碎乾坤……随之而来的便是急雨夹着拳头大的、鸡蛋大的、豆子大的冰雹倾泻而下,摧枯拉朽。短短几分钟后,雨过天晴,斜阳灿烂。这时人们从土屋里出来,惊讶地发现,地上除了正在融化的冰雹,还有许多大小不等的青蛙,死的白肚朝天,活的满地乱蹦。据说,也是在那一天,九道河下游的拉尔宁大庄却晴日依旧,滴雨未下。而与拉尔宁一山之隔的纳卜藏村,也在同一时间,下了一场更大的冰雹,其中一块冰雹有一面土炕之大,幸好什么也没砸着。

在以后的日子里,我梦中的这一片天空,还发生过一次引发人们广泛关注的事件,那就是在前几年,大概是2014年,包括九道河在内的整个上五庄林区,发生了规模不小的陨石坠落事件,这让许多的石头玩家,特别是陨石爱好者兴奋不已,一时间各种传闻四起,说谁谁谁捡到了多大的陨石,卖了几十万元钱等等,不一而足。

我如此说,其实是想要告诉我自己,头顶上这一方天空,无论祥和宁静还是暴烈恐怖,都是我放飞梦想最广阔的地方，也是我和先人们共同寄托灵魂必须经历的地方。

梦境：采集之乐

是谁，让色彩之河暴涨泛滥
是谁，让山野瞬间成为一幅魔幻画卷
是秋风挥洒着霞光月露里滋长的灵感
把我的梦，晕染得五彩斑斓

在我无数次的梦里，九道河，总是被淹没在光怪陆离的色彩之中。因为无法描述出梦境远超现实的多姿多彩，我对自己的想象力和语言表达能力，产生了深深的遗憾。

我确实没有语言的调色盘，也没有亨利·马蒂斯那样善于运用色彩的能力，那么，我就选择我能够做到的叙述方式，说说我梦里关于采集的一些画面。

采集，是人类活动的重要组成部分。而拉尔宁大庄的人，在九道河以及与九道河相连的石碑沟一带的各类采集活动，则称得上是艰难的童话，生存与苦中作乐的交融。生而为人，必然甘苦两知。

梦里红莓，果香与茶香的交融。身居深山老林的人，对各种采集从来就乐此不疲，别有心得。春天可以挖地下的蕨麻，生吃脆甜，晒干了拿到市场上卖，就成了珍贵的人参果。从夏到秋，更是琳琅满目，不胜枚举。陆续就有嫩绿如佛手般的蕨菜、绿红相间的野草莓、雪白的棉蛋儿、顶花带刺的金樱子、青翠欲滴的酸瓶瓶、玲珑可爱的蒿瓜儿（也称八月瓜）以及紫色的羊裙裙、野樱桃、野苹果（也叫花青）、野葡萄（马奶子）、名贵沙棘如橙黄色的黑刺果、黄刺果……在这五光十色的野菜野果中，我最喜爱的是深秋里经过霜杀的野树莓，也就是人们通常所说的红莓，我们当地人叫莓子。莓子经过霜杀，颜色从鲜红变成暗红，味道更加香甜软糯，采回家里，用淡盐水泡过，十天半月新鲜不腐。而用莓子的叶子做的茶叶，更是不输金贵的湖南益阳茯茶。记得小时候，我母亲就会做这种茶叶。下过几场霜后，我母亲就带着我去山里采莓子。路途虽然有点儿远，但到了山里，用不了一两个小时，就能采到足够的莓子和莓子叶。回到家里，母亲就先去河里将莓子叶洗干净，在屋檐下晾一个晚上，到第二天中午时分，她就把晾到半干的莓子叶，一把一把放在烧热的铁锅里，用手翻炒，炒到只有她知道的那个火候就拿出来，放在一个筛粮食的竹筛子里，坐在阳光下耐心地用手搓揉，搓揉好的莓子叶，就成了鸡蛋大小、一团一团的莓子茶了。这茶是用瓦罐炖着喝的，炖煮时放点儿姜皮、薄荷、荆芥，那香气能飘到庄廓院大墙的外面。干活累了，喝上两碗莓子茶，疲惫感很快就消失了。这缕茶香，随着我母亲的离世，成了我梦中的牵念，永远的记忆。

梦里火焰，在黄刺尖上舞蹈。黄刺，是生长在九道河阳坡里的一种芒刺灌木，一丛一丛的，十分繁茂，一般都有一人多高。每到晚秋，黄刺叶子就呈现出火焰般的赤红色，远远望去，如燃烧的火焰，似蒸腾的云霞，漫山遍野里扑扑溢溢，好似打翻了无数个颜料桶。进入隆冬，黄刺丛的红叶落尽，它长而锐利的刺尖上，呼啸着凛冽的寒风，枝干像黄铜的蒺藜。这时候的黄刺丛，就成了人们采集的重点。在青海东部的脑山地区，耕种农作物的肥料类型里，有一种就地制肥的方法，叫烧野灰。这段历史很短，起始于20世纪50年代的"人民公社化"和"大跃进"时期，终止于20世纪80年代初。在这近三十年的时间里，大量山林被开垦成新农田，种植油菜籽、燕麦和青稞。由于新垦地肥力不足，人们便想出个很恶劣的办法：烧野灰。这烧野灰，是所有农活中耗时最长、程序最繁琐、人们最受苦遭罪的事儿。这项活儿有七个主要步骤：一是秋收后踏灰,就是赶着两三头牛马,依地亩大小,在湿地上踩出若干个地坨,把土地踩踏紧实。二是入冬前挖灰,就是把牲口踩踏紧实的土壤用铁锹翻成土块,并翻晒晾干。三是垒灰,进入冬季,把晒干的土块垒成高一米、宽两三米、长四五米、易于透气燃烧的土坷垃堆。四是烧灰,就是用大量柴火把干垒的土坷垃烧着,使土坷垃自燃,人们每天早晚两次依据灰堆自燃的进度,用浮土按层次覆盖,盖多了会捂死,盖少了会晾死。五是打灰,待来年春播前,将烧透的土块用榔头打成细粉,名谓打灰。六是背灰,播种头一两天把烧成红色的灰土用背篓背到耕地的各处,那红土粉,糊眼睛钻鼻子,无孔不入,背一天灰,肺里、嘴里不知吸进多少粉尘。七是散灰,耕种当天,把这些烧红的熟土撒匀了,作为一季庄稼的全部基肥。我要说的是,拉尔宁人不知怎么就认定了要用黄刺烧野灰。隆冬季节,本是庄稼人难得的"冬闲",而拉尔宁的青壮男人却尽数拥进九道河,像剃头一样,一面岭一面坡地砍黄刺,黄刺的枝硬刺尖,徒手奈何不得。人们用山羊皮缝制的白板子皮袄和加重的柴斧与黄刺对抗,每天黄昏,驮柴回村的牛队马队成百上千,驮着成捆的黄刺枝,拉起的尘埃漫山遍野,遮天蔽日。这深冬里驮回村的黄刺柴火,开春再驮到烧野灰的山上。红如云霞的黄刺，就转化成了并没有多少肥力的红色土壤。黄刺尖上的梦，是最苦的梦。

  梦里歌声，高唱还是低吟？九道河，地处拉尔宁大庄最深处，是拉尔宁河的源头，当然也是湟水的源头之一。九道河日夜不息地湍急东流，而两岸的山岭，则蕴藏着丰饶的物质资源，养育着这里的世代子民。我在《拉尔宁的森林》一文中，已经粗略地讲述了如何打柴、如何采集野果、如何采集"桦棍"这样重要的生产工具的事。但你有所不知的是，采集冬虫夏草，更是九道河奉献给拉尔宁人的巨大财富。自从冬虫夏草的价格被市场炒到天价以来，敏锐的拉尔宁人就发现，他们不用到长江、黄河的源头去挖虫草，在家门口的九道河山顶连着石碑沟的山上，这一广大的地域里就生长着虫草。这里海拔3000多米，黑色腐植质土壤，适宜虫草繁殖生长。每到四五月份，人们就成群结伙，走进九道河，走进石碑沟，匍匐在那高高的山岭上，仔细搜寻着那一个个刚露出地面、很难与别的草芽进行区别的虫草苗头，用尖而小的铲子将其小心翼翼地请出土壤，像安放婴儿般一根根放进袋子里，生怕一不小心会折断了娇嫩的躯体。要知道，一根新鲜的虫草，就地收购价也要七八元，一个人一天最多能挖到一百来根，最少也能挖五六十根。人们俯下身子找寻虫草、起挖虫草时,是极其安静而专注的,除了因高山缺氧发出的粗重喘息声,极少有杂音。山坡上,密密麻麻成百上千人,一片肃静。那神情,似乎有着一种神圣的仪式感。

当太阳偏西,寒气袭人,地面就冷得趴不住了。这时候,就近的人互相打个招呼,会意地站起身来,舒展一下僵硬了的身躯,搓搓满手满脸的泥土,龇出一口白牙,就开心地笑了。于是,整个山上人声鼎沸起来,有的比袋子里虫草的数量,有的比拿在手里虫草的大小。但无论多少、大小,人们都不去计较,因为这是大地的恩赐,心满意足。有人对身边同伴说:"哎,你今儿运气好,上百了,你唱一个呗!"同伴笑着说:"花椒的树树儿你夒上,你上时刺刺儿挂哩;离庄子太近了胡夒唱,胡唱时老汉们骂哩!"旁边一个小伙说:"求子,你不唱了我唱,唱一嗓子还解乏哩。"于是他就放开嗓子唱了个"绕山绕"令:"光阴么逼上着挖虫草,虫草好,它在个草窝里长哩;我维的连手心肠好,好心肠,三两天不见时想哩。"这声音高亢嘹亮,引来一片喝彩。这边有人一起头,另一个山坡上一个清脆的女声接着就唱道:"九道河山上挖虫草,冬虫草好,卖上点钱儿了拉光阴哩;阿哥你夒想连手了想虫草,挖不上草,你年往年上的打光棍哩。"这明显是谁家的一个聪明媳妇儿,用"花儿"对唱的方式,调侃刚才的那个小伙子。这两个人一唱,整个山坡就热闹起来了,长一声短一声的"花儿"此起彼伏,高一句低一句的流行歌曲也哼了起来。人们说笑打闹,一边往临时搭起的帐篷和窝棚里返回,带着采集的愉悦,结束一天的劳作。这样的快乐时光,一年里只有将近一个月的时间。挖虫草的季节一过,庄稼也种完了,人们便分头去奔波各自的生活去了。

梦境:远去的马蹄声

斜阳含在西边的山口

晚霞给所有的树梢涂上金妆

一群红嘴鸦按时归巢

鸦儿们说:嗨,你的枣骝马哪里去了?

是啊,我的枣骝马哪里去了?多少次的梦里,我躺在针毛草茂盛的草坡上,晴空里偶尔飘过几朵奇幻的白云,云影下,我的枣骝马安静地在不远处吃草,不时地甩动闪着油光的尾巴,偶尔打两声响鼻,那时的旷野是多么地静谧而安详。

枣骝马不是我家的,它是生产队的集体财产。那一年的春末夏初,爆发了一场严重的马流感,也就是医学上说的由正粘病毒科 A 型流感病毒引起的马属动物急性接触性呼吸道传染病。那一场疫情来势汹汹,人们也不懂防疫知识,致使不少马、骡、驴患病死亡。后来,县里的兽医站派兽医到疫情严重的村里开展防治工作,才使疫情缓解。医生告诉村社干部,死驴死马要撒上生石灰,挖坑深埋,病了的和健康的马匹要实施隔离,所有驴、马、骡子都分散到农户里饲养,防止同类接触传染。由于这个原因,生产队的大牲口就被分到各家各户分散饲养。枣骝马是全生产队甚至是全村最好的一匹种公马。生产队长在给农户分配隔离圈养的牲口时,所有的驴、马、骡都被牵走了,唯独这匹枣骝马,谁家也不敢接受它,因为这匹马一旦死了,负不起责任。在全村人心目中,这可是一匹少有的宝马良驹。

生产队长没办法,就来找我爷爷,他知道我爷爷曾被抓壮丁,当过国民党的骑兵,识马爱马,也会驯马饲养马。队长说:"韩家阿爷,这匹马别人不敢养,我也不放心让他们养,你就帮这个忙,一个月给你多记 10 个工分儿,你看哩?"我爷爷捋一捋胡须说:"这个责任太大了,我也怕是担待不起,可是话又说了,这么好的一匹马,要是谁都不操心,万一有个啥了,也是可惜。"队长说:"这个忙,只有你能帮,你就操个心吧,万一有事,也不怪你,责任我担着。"我爷爷说:"看在你的面子上,这匹马我操心,工分儿也别给我加,人家给你这个队长提意见哩。我只有一个要求,今年这个马,病不好则罢,病好了就不要上牧场,也不要借给杂人使唤。我就好好儿操心它。"队长满口应允,一再道谢。

爷爷把枣骝马牵到家里来的时候,是黄昏时分了。爷爷说,这马也病了,你看它眼睛里流着脏脏的眼泪,鼻涕不断,口水不停,身上还发着烧哩。爷爷把马拴在槽头上,就开始用一个手掌大的专用铁刷给马刷毛,马身上就飘起一层尘土。这马一身枣红色的皮毛,两个耳朵竖得很直,鬃毛和尾巴是油亮亮的纯黑色,前胸宽厚,臀部高翘,就像画儿上的"火焰驹"。爷爷刷完马的全身,又挽起马尾巴拽了拽,低声嘀咕道:"好马!好马!可惜病得不轻。"爷爷说,他懂马,喜欢好马,才决定照顾这匹马,别的啥也不图。他还说,这么好的一匹宝马,应该让英雄骑着当战马,现在却成了拉犁驮柴的苦力,可惜了啊,生不逢时的宝马。

按要求，分户隔离的马匹只能在家里喂饲，不允许到外面去放牧，以防互相传染。但我爷爷说，这马有病，所以更要多遛它，让它吃活草，饮活水，呼吸新鲜空气。于是我爷爷就带着我，我俩早晨天蒙蒙亮就牵马出门，让马吃饱了青草，再到泉边饮了水，赶太阳出山就回家了。晚上天擦黑的时候，再出去放一次马，饮一次泉水。第三天，我爷爷拿一把用火烧过的纳鞋锥子，给枣骝马的两个鼻孔和耳朵放了一次血，又过了几天，爷爷把自己都省着喝的一块茯茶拿出来，撅下一半，煮了半脸盆酽茶水，放了一小把青盐，熟练地在梯子上搭个绳扣，将马头吊起来，用一个牛角勺子，把茶水灌进了马嘴里。十几天后，这马就昂首挺胸，毛色油亮，走在路上，一副舍我其谁的高大威武形象。

阳历五月头上，庄稼种完了，村子里所有的大牲口就按惯例去了九道河深处的夏季牧场，除了少部分需要配种的骒马，再就是唯一的这匹种马——我家饲养的枣骝马。爷爷用他的办法，医好了枣骝马的病，我就时常骑着它，到水草最好的地方去放牧它，它也对我特别温顺，从不喷响鼻吓唬我。它看我的时候，眼神里透着一种特殊的慈祥。在骒马的发情期，它朝气蓬勃地为许多发情的骒马配了种，当然，除了和其它大牲口一样要干所有的苦力活儿之外，作为种公马，这是它的任务。但是，村里人说，这匹枣骝马有两不配，不给生它的那匹骒马配种，即使蒙上它的眼睛，它也会挣脱缰绳，跑到远处去，打着响鼻，流着泪。再就是绝对不给发情的母驴配种，人们强拉硬拽，把它逼急了，它要么咬身前的母驴一口，要么就踢拉它的人。有人说，马和驴配出来的骡子是最好的。可是，这匹枣骝马却没有一个后代是骡子。

有一天晚上，我得了感冒，发着高烧，迷迷糊糊，似梦非梦中听到我爷爷和生产队长争吵，我爷爷声音很大，好像很生气。第二天早上我醒来，槽头上没有了枣骝马。爷爷说，那个杂尿队长说话不算话，说是马流感过去了，马也没事干了，就把剩下的马全部放到九道河的牧场里去了，到秋天了再收回来秋收打碾、犁地驮柴……我和爷爷精心照料的枣骝马，就这样和我不辞而别，我没有能再见它一面，心里长时间空巴巴的不习惯。那个夏天，是我小时候最为忧伤的一个夏天。

秋天的一个后响，巷道里骤然响起了"哒哒"的马蹄声，上百匹骒马从九道河牧场下来了，回归各自的生产队集中圈养，再次投入繁重的农事里。我跑到生产队的饲养院,却怎么也找不到那匹枣骝马,焦急中才听到生产队的牧马人说,枣骝马在牧场上,踩到了一条很长的三角头毒蛇,蛇牙咬到了马肚子的大血管上,两天后,枣骝马就死了。我回家悲伤难忍,抱着爷爷流泪,爷爷一遍遍地嘀咕道,好马呀,可惜了的好马!队长那个杂厌,说话不算话的那个杂厌…

枣骝马就这么没有了,但我对马的情结却从未淡化过。这种善通人性的动物,总是让人喜欢和尊敬。然而,随着人们生产和生活方式的改变,马作为役使工具和交通工具,已经退出了我们的各个领域。在拉尔宁,在九道河,再也见不到那些俊逸而神性的骏马良驹了,只有在梦里,依稀还有"哒哒"的马蹄声逐渐远去……

韩有录

鸽飞鸽落

石碗峡的瀑布

烟雨南山

韩有录,青海化隆人,20世纪60年代生人。青海教育学院英语系毕业,耕耘讲台三十年。爱好文学,在《青海日报》《西部散文选刊》《海东时报》《湟水河》《河湟》《荒原春》等报刊上发表散文多篇。曾担任英译汉翻译,翻译数百篇论文传记。有译著《曙光》。散文《烟雨南山》曾荣登青海网络散文排行榜。

鸽飞鸽落

鸟类筑巢的本领由来已久。在高大的白杨树梢,喜鹊筑的巢简直像楼房,能躲风避雨,即使在炎热的三伏天雷电交加时,大雨如注,鹊巢坚挺像一块岩石。这时你对喜鹊的这种本领发出由衷的赞叹;山雀在草丛中筑巢,小毡房似的圆巢悬挂在坚硬的蒿草上,任风吹雨淋,巢中小鸟得到很好地保护;霍霍燕雀筑巢于房间缝隙中,它们的幼鸟受到的保护简直无懈可击,它们是最善于选址的杰出建筑师。每到盛夏时节,这种鸟儿数量最多,种群也非常强大,在化隆地区,是仅次于麻雀的一种候鸟。这种鸟一旦发现有人要伤害它们的小鸟,就会对人发起进攻,直到危险解除,甚至不惜牺牲自己的生命。它们的这种勇敢精神唤醒了我迟钝的智力,爱的灵感悠然在我心中产生,使我顿悟爱护鸟类就是爱护人类自身。

但在众多鸟类中，鸽子可能是最不善于筑巢的，它们与人类的关系最密切，依赖程度也最深。

春天，我家屋顶上的鸽子们开始选择筑巢的家园。它们优先选择麦草堆积的地点。一方面在草堆上鸽子容易筑巢，另一方面在草堆上鸽子也容易隐蔽，天敌和顽童不易找到它们简陋的小巢。可是今年家里没有麦草，只有油菜草，鸽子在油菜草上筑巢有点儿困难。看到鸽子们东张西望的神色，为了使它们有一个温暖的家，我从邻居家要来一堆散发着温暖气息的麦草，放置在油菜草上，姑且帮它们一下吧，我摊开麦草用手圈了十几个圆窝。过了几天，有十几对鸽子在这里安家落户。不久，几对鸽子在那简陋的小巢中产下小蛋，它们开始了辛勤的孵化。鸽子的巢竟然这样简陋，几乎跟农家的鸡窝没有两样，我很担心它们是否能在这样的巢中孵出子女。

鸽子建立了牢固的家庭，孵化期间，鸽子夫妇轮流孵蛋，它们的认真劲和执着真让人感动。看到此种情景，我情不自禁地想，无论是动物还是人类，离开家庭抚育后代，简直是不可能的。所以你愿意还是不愿意，必须接受这样的现实：家庭是幸福完美的保障，所以我们没有理由擅自伤害家庭。

我相信在这样的环境中，鸽子一定会孵出它们的后裔。特别令人感动的是鸽子夫妇在抚育子女过程中的配合与默契，双方尽职尽责，对子女关怀备至，可谓体贴入微。

不到二十天，一对对毛色发黄的鸽子从蛋壳中蹦出，最前产蛋的幼鸽先出壳，这只小鸽子用稚嫩的小嘴啄开尚未开裂的那枚蛋的外壳，很快地，这一大一小的兄妹在父母的精心抚育下健康成长了。

这对兄妹出生时，正是庄稼收获的季节，它们来到这个世界上，食物十分充足。这天早晨，大约八点半时，我去看这对昨日才出生的小宝宝，它们的父母不在巢中，小家伙听到我的脚步声，很惊慌地挤在一起。它们的嗉子里已被喂满油菜籽粒和麦粒。我躲在一旁观察它们活动的情况，这时它们的父母已回到屋檐上。幼鸽以为我不在它们旁边，又尖叫起来，似乎在说："饿了，饿了，快给我喂吧。"幼鸽的父母轻轻走到宝宝跟前，兄妹俩叫唤着，吃着。不一会儿，它们俩安静下来，紧紧依偎在一起，一动不动。我悄悄地接近，幼鸽向后退着，颤抖着，它们觉得我是一个巨大的威胁。看到它们恐惧的神色，我默然离开。

几天过去了，它们迅速长起来，毛色渐渐发灰，头部呈蓝色,这种颜色就是本地鸽子的基色。

十几天过去了,这对鸽子在破旧的巢中试飞。经过多次努力,它们终于飞起来了,加入了屋顶休息聊天的鸽群里。但你还能听到它们向父母撒娇的声音,如此持续几天,它们俩终于追随其他鸽子在田野中觅食,开始独立生活。它们离开了父母,又去恋爱、筑巢,去哺育它们的后代了。

生长在这里的鸽子既怕人,又离不开人。只要有人家的地方就有它们的身影。本来这种鸽子对人有亲近感,只是少数人的偷猎行为造成鸽子对我们的警惕心理。

鸽子并不那么挑剔食物,所以具有顽强的生存能力。冬季,鸽子往往与家鸡混在一起去抢一点麦麸、一捧秕谷,农村大娘大嫂也乐于看到鸽子抢食。在食物匮乏的时候,它们四处觅食,顽强地度过寒冬,甚至有些鸽子会在冬季产蛋孵化。由于食物缺乏,这些冬季出生的幼鸽很难生存。

春末夏初是鸽子的黄金时光,对它们生存最大的威胁是农药。不少鸽子吃了拌了农药的种子,意外死亡。幸亏鸽子繁殖力强,农药也并没有导致鸽子种群灭绝。

鸽子的飞行能力是众所周知的。鸽子的翅膀具有坚韧如钢的肌肉,这是鸽子重量很大的一部分。这些肌肉以巨大的力量扇动短小的翅膀,使鸽子能顶着大风飞行很远的路程，才会筋疲力尽。从鸽子中驯化出来的信鸽是过去传递信息最快的工具，所以鸽子成为人们最钟爱的鸟类之一。

最令人难忘的是鸽子的交配。只要你用心一点儿就能观察到鸽子交配的生活是多么有趣。你会发现，当一群鸽子在向阳的屋顶一起活动，这是它们找对象的时候。起初雄鸽鼓起颈部的羽毛，低下头，向群鸽炫耀自己的权威，接着雄鸽趾高气扬地四处游走，全身羽毛膨胀起来，尾巴下垂，向雌鸽显示自己的魅力。接下来它追逐看中的雌鸽，认定自己的另一半。关键时候到了，雌鸽接受求爱，把自己的喙伸到雄鸽的嘴里，然后上下一起晃动它们的头，这是定亲的仪式，接着相互梳理对方的羽毛，表示已经结婚，成立了家庭。很快你会看到它们开始筑巢，小嘴里叼着小树枝飞来飞去，开始为后代建立小窝。鸽子性格温顺，很少看到它们打斗的情景。鸽子最讲平等，它们种群内部没有地位特殊的鸽子。夏日，它们齐聚于阴凉处交流见闻；冬天，它们在避风的地方互相介绍求生的经验。鸽子如此热爱和平，但有天敌觊觎它们。鸽子的天敌身材玲珑娇小，进攻速度之快足以使被攻击的鸽子措手不及。有一次，一只轻捷的雀鹰紧追一只狂飞的鸽子，这只凶猛的小鹰飞到鸽子上方，用钳子似的爪子从背部把鸽子抱在怀里，然后飞到安全的地方，以利爪撕裂开鸽子的腹部，很快一堆毛随风而逝。其余惊慌的鸽子远远飞去，久久不敢回到屋顶聚会。

　　我每天目睹云散云聚，眼看鸽飞鸽落。团结和睦是鸽子种群生存的基础，母爱是种群迅速扩大的首要条件，善于与人类相处是鸽子安身立命的根本。鸽子虽然是一种普通的鸟，却与我们人类的生存息息相关。它们给了我们怎样利用环境的有益启发，只是不少人看到鸽子是餐桌上的美味佳肴，而没有看到鸽子对我们人类有益的方面。随着教育水平的提高，人们已经了解许多动物的益处，自然鸽子也会被人类很好地认识。和平的鸽子终究会自由和平地在世界各国飞翔，永远自由地飞翔。

石碗峡的瀑布

人类绝对需要故乡，犹如人体需要灵魂一样。有了故乡，我们就有了思念的地方；有了思念之地，我们就有了各种满足与不足的想法，因而感觉到人生的幸福与缺憾。随着岁月流逝，我们的乡愁更加浓郁，能在故乡常常走动，这是一种多么大的特权，同时也是多么大的责任。因为我们像诗人一样栖居，还是像刽子手一样占有，都不能不掂量我们的种种行为。

到了不惑之年，虽然之前遭遇多种缺憾，但没有影响我热爱生活的态度。我的缺憾就是我在盛年没有走遍故乡的各个角落，没有认识故乡生长的各种植物，虽然曾经也努力过，但没有良师指导，对植物的探究终究似懂非懂。至于想成为植物学家，在幼小的我的心目中，还没有"家"这个概念，只知道给周围的各种植物命名是一件很不容易的事。因为无法了解周围植物生存的奥秘，不知道植物生存发展的规律，迄今为止，大自然在我眼里依旧充满神秘，多么希望了解它生命的秘密。这种冲动一直存在于我内心深处。

时间一天天过去,当白丝轻轻爬上鬓角,我还怀揣青春年代的幻想:认识植物。可惜,今年的夏日又将过去,门前成熟的植物见到我总在招呼我,但我还没有掌握打开它们内心奥秘的金钥匙。不过我观察到它们群体中又多了一种陌生的植物,在陌生的植物上又多了一种小虫子,小虫子又招来了新的鸟儿。世界每天都在变化,可我枉费了生命,什么成就也没有。这样浑浑噩噩的生活,绝对没有道理。最近总喜欢和人们聊起童年的生活,而童年的故事总是与故乡的山水连在一起。诚如鲁迅先生说过,难道我们的生命到了回忆往事的年龄了吗?

这就是我所遭遇的最大憾事,因为总是沉浸于回忆中,这样宝贵的时间又飞驰而去……

结果夜间的睡眠迟迟不肯来,但也不愿意借助药物催眠,因为使用药物反而会使情况更加严重。令我不安的则是可能没有机会去看看曾经许下诺言要去的地方。根据一些人的描述,那些地方还是气象万千,神妙瑰丽。

或许有人会问什么地方使我许下如此庄重的诺言,那是李白曾经去过的峨眉山、他笔下的长江,还有雄伟的庐山,杜甫笔下的三峡,湖南的洞庭湖,以及南沙诸岛。想到庐山，使人联想到清凉的世界，想到今夏人们哀叹世界气候真的变了，变得不可捉摸、不可预测……

因为这一生挥动教鞭，去过的地方很少，交往的人都很平常。那些吸引成千上万人蜂拥而至的地方，的确无力参访，那些如雷贯耳的人对我视而不见。不过这不是什么耻辱，因为我有一颗好奇的心，用心观察这个奇妙的世界。我知道世界太复杂，钻研它确实需要毅力。几年前，清宫剧盛行的时候，剧情中帝王将相各种奇妙的眉眼，既无法理解也不屑去理解。但发现一个惊人的秘密：那些对官场生活感兴趣的人都在偷偷用心学习模仿，我立马感到这个时代会发生巨变。变化的将是人心，变化的将是思维，变化的将是生活方式……可是我不识时务地捡起童年的梦想，购买了一些植物书籍，学习这些没有实用价值的所谓知识，又在这个年龄阶段学习一门古老的外语——阿拉伯语。令我兴奋的是在门前小道上发现了以前没有的植物，经查找有关书籍，原来是蒺藜属植物骆驼蓬。于是急于了解它的形态，原来此植物为多年生草本，茎直立或展开，叶互生，卵形，其花单生，与叶对生，花瓣黄白色，蒴果，近球形，种子三棱形、黑褐色。这就是我刚刚认识的植物，别提有多高兴。当然家里有李子树、杏树、樱桃，以及碧桃。

柳叶尖细，似乎要刺痛我的双手，而杏树宽大的叶子犹如胖小子的手，总是在几场浓霜侵袭后才黯然落下来，有些杏树的叶子经过被霜以后，叶片呈红色，经过很长一段时间才肯干涸。

我居住的地方实在太平凡，没有人们渴望旅游的景点，可是这片土地始终让我魂牵梦萦。

有人对喜爱的人或物总是情感流露，热情大方，而我总是把浓烈的情感压在内心深处。从表面上看，我对人们带着一丝冷淡，对他人的热情总是以淡然的态度回应。在他人看来有点儿让人无法理解，甚至产生误解：此人对我们付出的感情无所谓啊！

而我希望以默默无闻的方式回报他们，于是这种回报总是来得有点儿晚，不能一时满足人们的回报要求。为了人们的希望不会落空，我把自己的情思转到故乡秀美的自然风景之中，在对故乡的歌颂中，人们能够认同我的所作所为。因为我的故乡美景，在我的眼中，不亚于任何地方的风景（当然那些地方也的确很美）。

我要为各位描述的就是我故乡中部地区一座雄伟壮观的山峰，名曰"尕吾山"。"尕吾"藏语意为饭碗，我姑且把它翻译为"石碗山"，在石碗山深处有一处峡谷，名叫尕吾峡,翻译为"石碗峡"。这座山似乎与历史上的名人扯不上关系,史册中没有关于这座山的记载,谁也不知道这里究竟发生过什么大事。在这座山脚下的一个小村子,发现过西夏党项政权时期的一枚官方印章,这算是石碗山重要的历史物证,也许这里曾经是一处重要的政治经济文化中心。

从镇政府所在地向西南方向行走大约四公里,翻越一座不高的山峰,越过一座寺庙,就到了石碗峡入口。峡口处是一座藏传佛教寺院,这里香火不旺但也没有败落,犹如她朴素的模样,不温不火,看来信仰的香火一直在持续传承。很难描摹别人对这个峡谷有什么样的感受,对我而言,来到这里,紧张的心情总会得到放松,因为大自然的鬼斧神工让我浮想联翩。

我们乘车越过水泥路,轻松到达峡谷入口处。从峡谷流出的清流一定会使你放慢脚步,穿过光滑的石丛,来到溪水边,倾听水的声响,举头遥望深远的蓝天……

一个见多识广的旅人来到这里,他的想象力也不会局限于此,毕竟石碗峡的流水、植物、悬崖、峭壁有自己的特色,离开此地,他大概永远见不到这里最富有特色的"生殖岩"了。

此刻的石碗峡里，黄刺的球果已经呈青色，各种菊属植物还在开放，芨芨草是最茂盛的，还有引人瞩目的薏麻，它们摇头晃脑，向行人表达它们的谢意，同时也表达它们的希望：不要践踏，得到保护。一些土著蜜蜂偶尔也来这里，采采花蜜，看到这些柔弱的蜜蜂，回忆又来到我的内心：幼时这里野蜂众多，而现在那些势力强大的蜜蜂部落怎么消失了？是不是家养的蜂占据了它们生存的空间？

峡口有高大的白杨，还有浓密的灌木——沙棘、黄刺、野刺梅，中间有野生的柳——黄柳。

进入峡口，数峰矗立，犹如石门，清清的溪流在乱石丛中流过，悬崖上长着金露梅，当然还有它的胞兄银露梅。

水边堆积着牦牛粪便，那是牧人的燃料。陡峭的山坡上牛羊成群，它们是牧人的财富。

峡谷山坡上有数十悬崖，崖间的灌木与青青长草盖住了巨石，盖住了巨石的缺陷，极力显露着巨石的漂亮。大自然如此巧妙地安排，似乎有意不让人窥见他人的缺憾与不足。如果人类善于向大自然学习，如何不学习它的这种遮掩他人缺点、彰显美德的做法？难怪黑格尔绝望地说："人类从历史中得到的教训是：人类从来不记取历史教训。"我也不妨这样说："人类在向大自然学习的过程中，从来不学习大自然维护人类根本利益的做法。学到了适者生存的法则,并不惜手段加剧这种非理性的行为。"

进入深山,便是一条小小的瀑布。谁能想到这样幽深的峡谷里居然藏着这么一条瀑布。这里几乎没有可行的路,只能盲目地在乱石与流水潺潺中向前猛冲,爬过一块巨石,穿过窄窄的石门,到瀑布的脚下。溅起的水花直扑人面,打湿衣服。阳光直射时,出现彩虹,那情景十分美丽。瀑布两侧悬崖林立,生长着各种奇形怪状的灌木,山风吹过,草木萧萧,一片凄凉。偶尔有雄鹰飞过山峡,一刹那间消失在蓝色的苍穹中……

此地不宜久留,回首一看,生殖岩挡住了视线。此时生殖岩直接扑进你视野中,不得不观察这奇特的悬崖怎么会挺立在瀑布门口?它守着瀑布大门,不让心有邪念的人进入,以免玷污纯洁的深峡流水。曾几何时,有一愚蠢的镇长在水源处修建水坝,企图改变峡谷的流水走向,结果遭到峡口村民的强烈反对,此项工程不得不中途停止。

峡中有白色之石,其间有银白色的云母,日光照射时反光,行人几乎睁不开眼睛。我返回时峡谷中没有阳光,故未遇到反射的情况。到了峡口,视野开阔,土地平坦,麦子长势喜人,油菜花挂果成熟。只要天气顺当,就可以收割了。

沿着水流方向行走，出现了一座"文革"期间修建的渡槽，现在完全被废弃了，但整座建筑还算完整，这么多年过去了，说明当时工程质量不错。

溪水边野花盛开，花间有家养的蜜蜂在采蜜。这些花草没有华丽的外表，非常淳朴。它们可以成为我的朋友。虽然它们不言语，但它们的活动向我传达着它们的奥秘……

来这里参观的，绝大多数是生于斯、长于斯、成人后离开的人，相信他们和我一样都是普通人，但故园的风物吸引他们到这里看看。或许中间也有大人物，但他们在这里也是很低调，因为整座石碗峡只欢迎低调的人。

近来，我来这里的机会也越来越少，甚至我也随大流流进城里，在城里随波逐流。城里的生活又是一种情形。这里都是陌生人，但你必须与陌生人一起紧密配合才能搞好生活，管理好这座城市。城市环境的色彩相对淡了，但人文色彩又浓了。在城里，你可能听到不同的方言，遇到不同的信仰，此时应该有一颗包容的心，只有这样你才能过得很好。

我们需要故乡，一个是土地的，另一个是文化的或信仰的。如果缺了这两个，我们的存在都会成为问题。

烟雨南山

初秋的西宁早晚已经有了寒意，而最近连绵的秋雨使这种感觉更加明显了。这样有雨（忧郁）的日子，约几个朋友，围坐火炉，煮一锅土豆，熬一壶熬茶，侃侃而谈，没有比这个更温馨的了吧？可是这种享受在城市已经很难寻觅了，因为炉火于他们也是一种奢侈，家家户户用煤气或电气，生活条件已经不允许人们"复古"了。

当户外的秋雨如猫如狗般在大街小巷引起人们的骚动时，我坐的公交车向南山公园路口驶去。匆忙中忘带了雨具，至南山公园站，秋雨愈发大了，忽然想起苏东坡先生在雨中行走的情景。我不想自己"狼狈"，于是进一小店买了一把雨伞。小店老板见我的情状，说低价卖给我，结果是25元整，我知道这价位不低，但还是要感谢他的"好意",付钱时没有忘记说"谢谢"。

秋雨这么大,有比我"痴"的人吗?我越过马路,走上斜坡,那是通向南山公园的一条水泥路。路上遇到五个人,两女三男,似乎是一家人,他们都举着雨伞,走在雨水流淌的水泥路上。我终于舒了一口气,我自己"痴",其实有比我还"痴"的人呢。

水泥路面被秋雨洗得干干净净,走到一拐弯处,草木开始多了起来。到一石阶,拾级而上,旁边立一巨石,上书"南山"二字,呈红色,笔体苍劲有力,犹如这南山本身。看到这两个有力的大字,不知怎的来力量了,就开始登攀南山。沿着台阶缓行,左面是栏杆,里面一夹道,有数十米宽,从山顶向下延伸至入口处。这是用来干什么的?我正为此疑惑,忽听后面登攀的游客介绍,这是滑雪道,冬季铺上雪,可以滑雪。哦,原来如此,平生第一次目睹滑雪道。南山公园的设计者考虑到了人们的各种需求,为他们的远见竖起大拇指。

台阶不长,不到10分钟,来到公园入口处,一茶园出现在眼前,叫"竹韵馆",里面设有假山,四周密植竹子,葱翠欲滴。竹林间清流涌动,可谓微型的流水人家,已有不少游人在里面用餐。旁有"竹韵宾馆",想必环境也应该不错。

　　走出竹韵馆，其前右侧有一微型湖泊，湖水清澈见底。几何形图案的设计，拱形小桥把湖岸连接在一起。只可惜没有游鱼，缺乏生命的湖水总是显得单调。湖泊四周有草坪，草坪中小草依依。此时秋雨大作，撞击湖面，涌起大小不一的水泡，那数以千计的水泡仿佛在雨中舞动，诱人驻足观看，令人感动的是几个工友在冒雨铲除杂草。是的，没有他们的辛勤劳动，游人不可能享受到如此美好的景致。

　　敬礼，可爱的劳动者！

　　越过草坪则是百草园，内有角堇、毛地黄、八宝景天、三色堇、花葱科等植物。再向右拐，进入金桐凤留景区。这几棵应该是梧桐树吧，因为花园里有用植物编制的凤凰。中间一只凤凰昂然翘起，俯瞰来往的游人。此寓意是明显的：栽下梧桐树，引来金凤凰。凤凰的确来了，因为几天前我在东关大寺参观时，遇到来自广州的游客，他说他是西宁人，西宁变化太大，他几乎认不出这是东关大街了。要不是秋雨敲打雨伞，又不知联想到哪里。此刻，雨水猛烈地敲击着草坪以及草坪里的各种花草，林间也发出巨响。

　　为了避雨，我走进一间木屋走廊，雨水顺着屋顶两侧的斜面流下来，已经有人在屋下躲雨。他们都默默无语，都在倾听雨水降落的声音。这雨声,敲击着每个人的心灵,他们显得多么平静!

一会儿,雨势变小了,便去了浦宁友好园。沿着模拟的长江三峡行走,峡中清流涌动,颇有几分相似。看到三峡,想起了郦道元的《三峡》,此文是中国游记散文的精品,冠盖所有游记之文。只有后来的苏东坡、欧阳修等作家的游记文才能与之媲美。接着参观了向日葵园,向日葵正在盛开,景色也十分诱人,更重要的是,这里有关于向日葵的一些知识,对那些爱好博物学的人来说,值得一看。

返回金桐凤留景区,从这里向高处张望,不远处便是雄伟壮观的凤凰山拱北。拱北周围林木葱茏,环境优雅。我欲进入里面参观,被管理人员呵止,乃怏怏而出。越过拱北登上南山最高峰,整个西宁一览无余。湟水两岸楼房林立,此时都淹没在绵绵秋雨之中,楼宇隐隐,一片宁静。面对此种情景,人类的语言已经苍白。

马有福

炕道
唐瓶：似曾相识名归来
日月可鉴祁连心

马有福，作家，食客，教师，媒体人。1965年8月生。从20世纪80年代开始学习写作，先后在《雪莲》《青海湖》《瀚海潮》《回族文学》《天涯》《散文选刊》等发表文章多篇。著有《大道至亲》《高原的鼓点》等7部作品，共100多万字。主编有《青海民族服饰》《育人圣道》等3部，共100多万字。青海省第七届文学艺术奖评委之一。曾获第五届青海省文学艺术奖、青海省"五个一工程奖"、中国新闻奖、西宁市十佳园丁奖。现居西宁。

炕　道

炕就是炕，为什么总还要缀上个"道"呢？

面对家乡的这个习惯称谓，我无数次地向自己提问，总琢磨着这之中一定暗含着什么意味。

就这样漫不经心地琢磨了许久，直至走了一大圈南方，看多了江浙、湖广的诸多高档和普通床榻之后，这一扇窗户才终于为我豁然敞开。

1

还是再回到青海。在青海东部农业区，不论是农村还是小镇，在暖气还不普及和流行的岁月里，就是家徒四壁，在房子已经成形的第一时刻，人们首先计划和考虑着的第一件大事就是盘炕。炕是一座屋子的瓤子,无炕不成家。有了它,这屋子总算有了主心骨,也就有了精气神:老人总得有老人的大炕,孩子总得有孩子的厢房炕,因着辈分,设定格局,然后再泥墙开门。在这个过程中,炕是第一参照、第一家具、第一基础,屋里的一切都是以炕为中心再行设计的。

这几乎是惯例,延续很久,无人突破。

在漫长的历史岁月中,无一例外,这里再穷的家里,也都会建有一个很能代表这个家庭体面和尊严的大炕。条件好的人家,往往倾其所有,往往还要在炕上铺栽绒毛毯,苫绣花炕单,叠绸缎被褥,放油漆炕桌,以显示家庭的殷实,也时时刻刻准备着迎来客往。

就是条件差一些的人家,也总是铺毡叠被,随时刷洗,每天当功课一样侍弄这个炕,使其成为家庭的第二张脸面。除了迎客,也用以睡觉的长者大炕之外,他们也从不忽视家里其他炕上的卫生和铺盖等装备。男孩有男孩的炕,女孩有女孩的炕,越是富庶的家庭,就有越多的炕。

炕,让农民们延续着古老的作息节奏而养成了自己独有的生命气息。

每天一大早,女人们就要叠被子,刷炕单,使炕单暴露在空气里而保持清洁；天黑前，他们又总是如约般填炕、煨炕，服侍着火炕，忙上一番，将此作为傍晚的常课，也作为晚辈给长辈的孝心体现，日日实践着，从不厌烦。不定期地，家庭主妇们还要专门洗炕单被套，硬是以自己的勤劳维护着炕的体面。

细想想，炕中还真是蕴含了诸多人类文明的大道。作为休息之所，它让人类告别了席地而睡的古老方式而找到了一个高度，从此人们摆脱了风湿的干扰，古老的小农经济也获得了一直的延续。就说炕的燃烧物吧，一般它是庄稼的草衣和根茎，它们身上永远流淌着太阳的气息和农人的汗水，这使农民在睡觉取暖时，依然没有离开自然的熏陶。反过来，这些燃料带着农人的汗味和农家的味道轮回为灰土后，还会再次回到田里，成为庄稼的气息。这是一股不见容于城市的气息，在乡村里似乎感觉不到它的存在，而一旦来到城市就觉得特别刺鼻，总觉得很不和谐。为此，许多农人进城后，就纷纷背叛，改做床榻，往往在第一时间就告别了土炕。这样，也从此断了传统的农业生活方式。

在传统农业社会，因为炕的存在，乡村还孕育和培养出了一代又一代的毡匠、毯子匠、木匠等多种手艺人。每每到了农闲的季节，他们就会按照古老的行规和节奏走村串巷，设点摆摊，进入农家从事擀毡、织毯，做炕桌、书柜、被柜等家具工作。他们记在心里、叼在嘴上的尺寸不是四六就是三七，总是不离一个家庭土炕的大小。进入农家，按照主人的心愿，他们最基本、最基础的功课就是用尺子或者用手指㧅出炕的大小，然后再看货下料，总想使主人的一面大炕尽显风采，锦上添花。否则，自己的手艺就是山穷水尽，失去了活力。

2

在这冰山一角的背后，还潜藏着乡村的另一份温情。

一般情况下，每一个家庭的大炕都是供老人或客人们居住的，再贫寒的家庭也会多备几套被褥，以便待客。每天一大早，不论有客无客，在这个炕沿下，就会有儿媳或其他晚辈首先进屋生起炉火或者火盆烧茶问暖，关心炕烫与否，就像有些地方见人问吃了没有一样，向老人嘘寒问暖这几乎是惯例。因为在此之前的一天晚上，晚辈或主人，为前辈或客人把炕烧热，并亲自铺好被褥，这是待客的礼数，谁都不会忽视。一日的暖宁值千金。在北方的冬天（甚至温差较大的夏天），给人温暖，这是最基础的关怀。所以，每个家庭的取暖核心资源都几乎集中在这个屋子里。原先的火盆、今日的烤箱，几乎都在这个炕沿下冒烟，而使这一面大炕显得更加温馨诱人。

就在这个炕上，家教甚严的家庭，老人和客人们平日里总是围着炕桌说话、喝茶，以至发布家庭训示、履行婚丧嫁娶等重要大事上的礼节。作风民主的家庭，在没有外人的情况下，老人们会允许一家老小围着炕桌吃饭喝茶。而家风严格传统的家庭，在老人健在的时光里，晚辈们只能走动在炕沿下，提茶倒水，竭尽本分。

这是比较严肃的一幕。

在平常情况下，每逢冬季、下雨等农闲时刻，一角土炕常常也是邻居间或一家人休闲、聊天扯杂的会所。当邻居的几个男人凑在一起选择一炕，苫着被子半欹着身子说笑、闲聊时，女人和小孩们则会凑在另一个炕上捂着被子交流针线和心思。季节和杂事被关在了屋外，鞋子和袜子被脱在炕下，腿脚和身子想怎么随意就怎么屈伸，懒懒的，就这样一坐就是半天、一天。如果这时的同炕长者或伙伴谁会讲个故事，那小孩们就会抬起下巴连眼睛都不眨动了。

漫漫冬夜里，身在土炕，任寒流在窗外肆虐，冷风在屋内鼠窜，热炕却在胯下放热，半睡半醒着的每一个农人简直就是帝王。

不知是什么原因,虽然进城多年,至今每读大部头的长篇小说或做一番深思和精神放松时,我还总喜欢回到老家焐在炕上。一时之间,摆脱了鞋袜的束缚和外在环境的压抑,人变得很放松。否则,我这在城市里漂泊很久的心就始终静不下来。我越来越觉得:坐在高档沙发和睡在高级席梦思床上的感觉还是没有身在土炕上那么放松、瓷实、亲切。

炕在我的生命中打下的烙印太深了。我的先辈,不论父系还是母系,都是一代代在炕上生、炕上长,直至在炕上结束生命用白布裹了埋体,一生三分之一以上的时光就是与炕捆绑在一起的。我的三个孩子,也都是在炕上生长的。在婴儿时期,炕不仅是我们祖祖辈辈睡觉的地方,也几乎是一代代孩子大小便的地方。在没有尿不湿等育婴产品时,颗粒绵软的土疙瘩就是那个时代的尿不湿,不断烘烤干湿迹的热炕使我们自小就摆脱了风湿的侵扰。

在青海、甘肃山区地带,炕同时也是家庭生产中不可缺少的育雏和发酵的优良环境。山民们在酿制青稞酒、蒸馒头发面时,常常将酒曲和发面盆放在炕上,借其不温不火的温度,做出具有浓郁地方气息的特色食物。春寒料峭之际，有些地方的村民们总是将买来的小鸡装在纸盒子里摆在炕头一角，与自己同吃同住，提高成活率，也与小鸡建立了良好的互动关系。更有将小羊羔、小牛犊拴在炕下，让其茁壮成长一段时间之后再移往牲畜圈棚的人家。至于在炕桌下养一只小猫咪的人家则多得数不胜数，甚至更是见惯不惊的农家一景。

3

人在炕上，心里安宁。远离了土炕的日子，我老觉得心里不踏实。这使我近年来开始关注各地的火炕及其走向。

同在青藏高原的青海东部农业区，每一个山坳里的土炕，其建材和填煨的方式也是不尽一致的，其中蕴含的信息也很有意思。

就建材而言，在青海，出煤产煤的大通和无煤的州县就有着很大的不同。大通由于素有煤都之称，在过去，大多数人家就喜欢做板炕。板炕，其面子就是由一片一片的木板拼接而成的，其填炕的燃料一般是细煤，其填炕的方式是：揭开炕板，从开口处把煤填进去，四周拥灰，从煤堆顶头引火，让煤一点点从上往下引燃，直至灰层较厚，才轻轻拨去陈灰。就这样，一点点引燃，一点点发热，一般煨炕一次就可以维持10天左右，不需天天侍弄。煤灰也是比较少的，整个冬天下来，积灰较多时，只集中清除一次即可。一般情况下，不需要隔三差五地清除煤灰。板炕的好处是，没有异味，炕里可以随便炖茶、烧洋芋、炖水、焜馍馍，屋子保暖性强，维持周期长。而其短处是，煤价大，有煤气中毒风险，也有孩子们不慎被跌进的危险。为此，这些年，许多人家逐渐淘汰了板炕，而换作打泥炕。

打泥炕的流行地似乎很广。从遥远的中亚到黑龙江，几乎所有的北方都能看到它的踪影。其做法是，将炕面用石板或水泥打造成一个平平的整体，不让其烟丝流窜到屋里，而把填炕的洞子和冒烟的烟囱设在屋外。打泥炕的好处是，屋子与烟尘隔离，使整个屋子的卫生维护比较方便，而且，其在填充的燃料上没有讲究，从树叶、树枝到野草、畜粪等随地取材，比较经济。而其不足的是需要每天填充；烧起来的火，只能用于取暖，很少兼用。更有甚者，如果不能很好地处理风向与烟流的关系，再密封的打泥炕也会窜出死烟的味道，使睡了打泥炕的人不论走到哪里，都带着一股浓浓的异味。

别看这小小的打泥炕，其味道和细节里还都透着非常鲜明的地理个性。在青藏高原的牧区腹部，打泥炕透出的是一股浓浓的粪烟味道和野草味道，打泥炕的炕洞同时也是烧饭的灶门儿，这是典型的藏地地理个性和文化个性。而在青海的门源和祁连等地，打泥炕则透着一股焦炭、畜粪和草木交杂的烟味道，打泥炕的填充洞大都设在屋檐下边窗口靠地的地方，这使这里栖息在屋檐下的麻雀都黑不溜秋的，打上了鲜明的地方个性。而青海靠近西宁的一些农村，总喜欢把填充洞隐在胯墙或者不显眼的地方，为了减少燃料的异味和怪味，平日里总喜欢把燃料晒得干干透透的，为此许多人家的门前都晒着一坨燃料。一直到青藏高原和黄土高原交接地带的甘肃大河家、青海民和官亭，每一个打泥炕透出的似乎都是淡淡的枯叶味，非常接近于这里的风土。

由此，我常想，东北和华北的农村，其炕透出的是什么味道，还蕴含着怎样的文化气息呢？

我没有细致靠前的观察经历，但我常常猜想，它们一定也蕴含了非常丰富鲜明的地域和民族个性。就像炕是中国南北方文化的一个分水岭一样，具体到中国的某一地，每一个地方的炕文化也肯定会有自己不同于别处的气息和个性。

这是肯定的。

因为，在西宁，我已经看到：城市楼房里火炕的考究和其中蕴含的文化意味则是别具一格的。

唐瓶：似曾相识名归来

君生我未生，我生君来迎。

朝夕互为影，千年相伴行。

——题记

1

熟视无睹。原先，对如影随形的这一件生活伴侣我不在乎叫它"唐瓶"还是"汤瓶"，总觉得名称无关紧要。但是，在湖南博物馆一角让我眼前一亮的那个瞬间，我几乎是不假思索地断定：它，应该叫作"唐瓶"。如此，自唐至今，如同冰山一角的这个叫法里蕴含着很多事关中阿文化交流的信息。

让我还是从我的感动说起。那是2010年冬天，差居长沙将近四个月，走了不少旅游点和个性街区，一直未曾遭遇过走近湖南博物馆这样让我眼前一亮的激动。这一亮，让我一下子贯通了1000多年历史岁月的隧道，扫清了在求知之路上久存心底的一团迷雾。

屈指算来，在此之前，我例行公事般走过30多个各类博物馆，对形形色色的文物，包括出土于马王堆汉墓的2000多年前的女尸，都是浏而览之，未曾上心。而那一天，对陈列于长沙博物馆的几十件彩瓷我是怎么看都看不够了。这倒不是说我有着怎么精到的眼光或者说有多高的专业素养。相反，在文物鉴定方面，我连入门的常识都不具备。但是，长沙彩瓷中那一组似曾相识的东西让我流连忘返：那流畅和谐的器型，那漏斗一样的进水口，那欲言又止的出水壶嘴，还有那把子以及它们之间一线贯通的布局，一切对于我一点儿也不觉陌生。真是奇了，就连其容积也几乎都是那么准地暗合着穆斯林能够洗一次小净的需求。

于是，我不顾一切地拿起了相机，拍下了它们的姿影以及解说文字。它们让我心动的是，在壶形外边图案的解说文字中，多次提到了西亚、北非，都说受到了这些国家和地区的文化影响。是的，我暗暗窃喜。透过这些文字，我能够从中读出比文字要丰富和具象得多的有关西亚和伊斯兰的信息。那热情地伸向时空的壶嘴，那透着地中海气息的椰枣图案以及对动物图案的简化处理，甚至个别阿拉伯文的名言警句，一切都是似曾相识了然于胸的。

就这样看了一遍又一遍，暗暗激动着的心告诉我：这一次长沙之行是否肩负着说破某种真相的使命？直至带着女儿看完竹简室，将要走近青铜器陈列室时，时间已经是下午五点了，接近关门谢客。我则干脆拽着女儿，绕过博物馆一线设计的参观通道，再次回头走进了陶瓷陈列室，直奔那已经细看过几次的瓷壶。还是那么专注，那么投入，那么地不顾一切，这令保管员悄无声息地走近我身边，以她职业的谨慎打量我许久，才又波澜不惊地悄悄移开。此时，我多么想找到一位专家请教，但是，博物馆那特有的氛围又似乎不允许。于是，在恋恋不舍中移步一楼。想不到，在一楼出口的书籍柜台上还真有一本《中国长沙窑》的书在等着我。

2

书还未打开,我就知道,这是一次特别的阅读,也是时光长河中的一次求证之旅。自从摸到手里的那一刻起,我的心就已经开始在读这本书了。其实,这何止是一本书,在我眼中,其每一章里几乎都暗藏着我在湖南寻找和求证的答案。

在我的印象中,无论哪个朝代,湖南均是一个远离伊斯兰文化,至少是不太贴近伊斯兰的省份。如今,虽然在湖南泱泱近千万人口中也有区区几万穆斯林,但其在中国穆斯林大家庭的文化版图中所占比例依旧算不了什么。与大西北穆斯林地区宣礼之塔相映、邦克之声相闻的社区和农村相比,长沙位于贺龙体育馆旁边的清真寺实在不敢一说。为此,我初到长沙时曾发过这样一条信息给朋友们:南国邦克远,拜毯带身边;纵无唐瓶伴,亦觉心安然。但是,说归说,我很快发现:没有唐瓶的日子,我还是像缺少了清真饭馆和穆斯林文化氛围一样地感觉到了诸多的不自在、不坦然。为此,千里捎话,让岳父来长沙时从西宁买来两只唐瓶。

唐瓶,在穆斯林的生活中实在是太重要了。从出生到死亡，一个人的一生中，几乎天天都离不开唐瓶。早在人生第一次沐浴，就是亲人们拎着唐瓶开始的。一遍又一遍，他们总是以最新鲜的流水，使新生命不断从沐浴中获得新的人生感觉。直至已经死亡，亲人们给予的最后关爱和礼节，也是一唐瓶又一唐瓶的活水，从头到脚，从右到左，直至洗得干干净净。一个孩子在成长的过程中，大人们最先的教育也是用唐瓶洗脸和在唐瓶里灌水。洗手洗脸时，总让右手拎着唐瓶的把子往左手倒水，水被用拇指和四指并紧的掌心接住，然后匀到放下了瓶把的右手心，搓洗两手。一次又一次，直至两手都不断地由从唐瓶里倒出来的清水洗干净了，才开始洗脸。洗脸也是一次又一次按照洗手的程序来进行的。在唐瓶里灌水时，大人们从来不马虎，教育孩子们一定要潜心静意：不能倒拿着勺把，也不能心不在焉、丢三落四，而要敬颂安拉之名。正是由于有了这样的教育，我们还不等上学发蒙，就懂得了用水的规矩，小小手心就能掬得住一捧水，也懂得了什么是珍视与卫生，从此不习惯于在脸盆或器具里洗手、洗脸。迫不得已，如果在不是流水的器皿里洗过手，那是绝对不会洗脸的。穆斯林清洁的精神就体现在方方面面。一个有修养的穆斯林从来不会极不雅观地给人递水、盛水和倒水。水是生命之源，就连用水的动作也应该是完美的，应该与一个人的意念和目光拼成一幅和谐的图画。而在这幅图画中，何曾少过唐瓶这个大众的美学符号呢？

唐瓶里的水在穆斯林的心目中，最是一个人进步的阶梯，每一滴都充满了灵性。所以，越是具有宗教情怀和向善愿望的人就越离不开唐瓶。每日五次，从黎明到夜晚，一个坚持礼拜的人就得拎着唐瓶按照规定的动作洗手、洗前后窍、洗脸、洗胳膊、洗耳朵、洗脚。每周还要洗一次大净。有时心烦气躁、噩梦连连了，也要洗大净。有时出远门或有红白事，也要洗大净。洗浴已经成为一种习惯和心愿。为此，走遍天下所有清真寺，没有不设洗浴室的。在洗浴室里，那一个个骆驼脖子伸开样的壶嘴看着也让人精神振奋。在大西北，每一座黄泥小屋的门口，每一个清真饭馆的门口，每一处旅社客馆，不论穷富，都有一个小小的蓄满了清水的唐瓶，等着你拎起。

没有唐瓶的日子，就像失掉了自己。有些旅客出差外地，住高档宾馆，仍不忘带一只塑料便携的唐瓶。有些司机，远走千里，就像带足了工具一样，后备厢里也总是带着一把唐瓶。

唐瓶须臾不可分离。

唐瓶早已耳熟能详！

最不能忘怀的是，在非典肆虐中国的日子里，当信仰各个宗教、各种主义的所有人们都感觉到用流水洗浴的重要性时，许多目光都盯住了唐瓶。唐瓶受到了整个中国人的特别关注。大家这时才发现：穆斯林使用这个叫作唐瓶的器皿已经有1000多年了。

3

谁也没有想到，正是这个小小的器皿记录下了整个海上丝绸之路上重要的一页。虽然没有比较正规的历史记录，但是在老百姓的记忆里，这件器皿事关唐代，事关中阿交流这样的大事。

宁夏人民出版社2009年1月出版，由李树江、王正伟主编的《回族民间传说故事》第140页《唐瓶的故事》中记载了这样两段传说：

一是：相传，唐太宗李世民有一天做了一个奇怪的梦，梦见皇宫的金銮殿里有一大梁即将倒下，说时迟那时快，急忙赶来的一位头缠白巾、穿着绿袍、肩搭毛巾、手持唐瓶的高鼻、深目大汉奋力擎起。唐太宗百思不解，第二天便召集文武百官圆梦。有一位善解梦的大臣说:"陛下,大梁倒塌,暗指我大唐社稷将面临危难,而头缠白巾、手持汤瓶的大汉乃西域回回,唐朝的江山要靠西域的回回来共同扶持。"于是,唐太宗下旨不远万里从西域大食国请来了60个回回人,并依照大食国净仪的习俗,每人赏赐一把精美无比的洗壶。当时人们把这种洗壶叫"唐瓶"。久而久之,民间就把"唐瓶"误叫作"汤瓶"了。

二是:过了几年,朝廷出了动乱,一个大臣叛变了朝廷。叛军如狼似虎,唐朝的军队无论怎样也抵挡不住。平民百姓背井离乡,叫苦连天,全国上下动荡不安,唐太宗李世民更是寝食难安,立即召集群臣商议对策。

就在这一次的商议中,大臣们建议还是请来西域回回。就这样回回人如期而来,平定叛乱。由此唐王给他们修建清真寺,赠送精美的洗壶,让他们安居长安。因为在他们的生活中须臾不可分离的洗浴器具乃唐王所赐,所以他们就把这器皿叫"唐瓶"。

就这样形影不离、爱不释手,唐瓶成了回族的精神符号。也是以上故事的第三部分告诉我们:把唐瓶挂在家门口、清真饭馆门口、饮食摊点始自明代。

唐瓶,在全世界穆斯林地区有很大的消费市场。为此,自从唐代开始,聪明的工匠们除了陶瓷之外,还分别用金银铜铁等金属打造出了一个个各具个性的唐瓶。唐瓶已不单单是洗浴用具,还成为一种工艺品,摆放在了一些大户人家的博古架中。在我的老家,一个多民族居住的偏僻一隅,不论回汉,许多手艺人至今依旧擅长于制造青泥和铜器的唐瓶。在向现代化迈进的过程中,我们不无遗憾地发现:许多用具都面临着被淘汰的危险,而唯独唐瓶不论是在城市,还是在农村都如影随形般跟定了穆斯林,成为他是否还坚守伊斯兰教信仰的最后底线。如果连这样的一个器具都消失了,都不会使用了,这个家庭的信仰也就失去了根基。

我们不敢想象唐代异国穆斯林们看到唐瓶之后的惊喜,但可以肯定的是,当唐瓶进入他们的视野之后,他们一定会感悟:这是伊斯兰文化的幸运和奇迹。因为伊斯兰教的诸项功课和生活习惯几乎都离不开水,其用水习惯和清洁精神都是严格的法规:用活水,不用死水,不污染水;正常用度之外,就是到了海边也不浪费一滴水。在那个没有水龙头的时代,阿拉伯人的制造业很落后,他们一般用皮囊等储水、用水。而此时代表中国文化的瓷瓶伸着它细小的壶嘴出现在阿拉伯客商和原住民们的眼前,他们怎能不感动呢?

伊斯兰文化是一个博大精深的文化体系,但同时又是一个最平易人性的生活方式,它为每个人都敞开了怀抱,提供了进步的台阶。在伊斯兰文化面前,没有神权,没有权威,没有门槛,没有国界,国王与奴仆在安拉面前都是平等的。知识哪怕远在中国,亦当求之。而唐朝则是一个处处洋溢着朝气的朝代,其开阔的胸襟和延揽八方的诚意让那么多的阿拉伯商人从海上来到了中国,书写出了中阿交流的时代篇章。而在这个过程中,唐瓶就是最好的见证。

2013年10月底,央视四套播出的好几期《国宝档案》就生动地展现了这一页历史曾经的辉煌。看着电视荧屏,我打开了《中国长沙窑》一书:

目前,在世界各地,如日本、泰国、朝鲜、伊朗、印度、肯尼亚等20余国,都有长沙窑的瓷器出土或被发现,特别是1998年在印尼海域的"黑石号"沉船发现,进一步印证了长沙窑在唐代就远销海外这一事实。该船是一只唐代的阿拉伯商船,船上共载有中国瓷器67000余件,其中长沙窑的瓷器就有56500余件之多。(序论第4页)

有意思的是,书中还透露了这样的信息:来自中国的这些商品,起初由于打上了典型的中国烙印,而使阿拉伯穆斯林在觉得使用方便的同时，还存在着外形设计以及花卉图案上与伊斯兰教格格不入的内容，比如，过于张扬的凤凰和龙的图腾，过于栩栩如生的人像和十二生肖，以及诸如"好酒无深巷"之类与伊斯兰文化背离的外部装饰。为此，在使用和经销的过程中，还是这些商人带回了客户们反馈的信息，也提出了改进的意见。就唐瓶的大小而言，穆斯林需要洗一次小净就足够的器皿方是上品，太大或太小都是次品。就装饰图案而言，穆斯林不喜欢具象的东西，而需要抽象的线条和花卉。就壶嘴的长短而言，穆斯林还是喜欢像驼脖般伸向前方的造型。就壶嘴出水口的粗细而言，穆斯林喜欢相对节约型的。一件器型，千里牵挂。一只唐瓶，两种文化。就这样，海上丝绸之路被越拓越宽，海外大食对中国的向往就越来越浓，直至穆斯林第一代先民长期定居中国。

还值得一说的是，在富于开拓的这个大时代里，中国彩陶及时作出了调适，在《中国长沙窑》中有这样的多段文字透露出了中国的动作：

长沙窑除了生产具有本民族特色装饰有诗文、花鸟图案的器具外，主要还生产大量的外销彩瓷，并多采用西亚的装饰风格以满足阿拉伯人的需要。（31页）

图2-2，这是一只长沙窑的青釉碗，碗的里外都施以铜红釉，里面用褐红彩绘成伊斯兰特色的草纹图案。

图2-3，这是一只青釉双耳罐，罐体画满了褐绿彩连珠点彩纹，典型的西亚伊斯兰风格，这种图案在长沙窑的出口瓷中占有一定的比例，也可以讲是长沙窑根据用户的要求，专为海外用户量身定做的。（33页）

长沙窑的出口瓷也大胆地采用了异域文化，见图3-4，是一只青釉碗，碗面上绘制的是带有鲜明伊斯兰风格的图案，这些图案用褐绿彩绘，画面生动，使这种风格的长沙窑在黑石号上有大量的出现，这些图案中甚至有一些是古阿拉伯文字，意思是"真主"之类，可见长沙窑在学习和应用异域文化方面也是敢为人先的。（53页）

唐代，两种文化就这样在长沙碰撞、交汇，甚至当时国外就将"瓷器"和"中国"共用同一个词（43页）。在长沙窑之外的中国其他名窑里有没有这样的现象，我没有关注过，也不知其详。但我推测,当时在国外穆斯林的眼中，它们都是来自"唐"的，就像我们今天的西北一些农村还依旧把糖叫洋糖，把铁丝叫洋丝一样，他们会把来自中国的产品都冠之以"唐"，这是一点儿也不会含糊的。

4

书中写道,长沙窑兴盛之处,到处都可以看到商船云集、胡人穿梭的历史情景。《全唐诗·卷五·六九》李群玉《石渚》记载:古岸陶为器,高林尽一焚。焰红湘浦口,烟浊洞庭云。迥野煤飞乱,遥空爆响闻。地形穿凿势,恐到祝融坟。

但是,20世纪50年代之前,在长沙窑还没有发现之前,任谁也想不到湖湘大地的偏僻一隅竟有这样让人不可思议的商业繁盛景象。截至目前,我们才发现,在古老的陶瓷之路上,"运送陶瓷出海的还有一条特殊的通道,它的起点是长沙窑的产地湖南铜官镇(铜官镇是湘江边的一座小集镇)。产自长沙窑的瓷器,经湘江,入洞庭,再顺长江入海,到广州或宁波港口后换用洋船运出"(29页)。可见,当时前来长沙求购以唐瓶为主的中国瓷器的阿拉伯人何其众多!在长期的交往过程中,中国工匠对阿拉伯的穆斯林商人产生了兴趣,为此还专门制造出了表现阿拉伯人生活状态的瓷器作品。不是吗?《中国长沙窑》图6-4胡人修炼瓷俑简直就是穆斯林礼拜结束之后祈祷的动作,其跪姿、其无檐帽、其举起的双手,在当时的中国文化视野中就显得有点儿另类,为此他们就以自己的作品记录下了足以作为陶瓷之路东方起点的这个历史坐标。

继丝绸之后,陶瓷再次让阿拉伯等西亚穆斯林了解了中国。虽然他们之中的大多数人没有来过中国,但只要看到丝绸、看到陶瓷,他们就会异口同声地说唐、夸唐,这样将为自己的生活带来了方便的瓷瓶叫唐瓶就是自然而然的。那么,我们不禁要问:作为中国穆斯林,生活在中国,为什么却将自己这个洗浴的器具也一概地称作"唐瓶"呢?我猜测,这不仅跟我们不能忘怀一个时代有关,也跟中国给伊斯兰教发展提供了一件让教法得以方便和实施的日常器皿有关:唐即中国,关乎整个国家。可能的情况是:先民们来到中国、成为中国的一族之后,由于已经熟稔了这个器皿,离不开这个器皿,叫得已经不好改口了,于是就顺延了一个"唐"字。或许,另有隐情。都有可能。然而不论怎么说,这是很有意思的一件事情。

日月可鉴祁连心

张承志新书《三十三年行半步》之中的大部分文章在结集之前我就已读过，但拿到新书的愿望依旧那么迫切。就像我从来敬重作者本人一样，我对书中的文章不敢有只字疏忽，这就放弃手头工作，享受了一番再次先读之快。这是因为相识相随十几年，在我的阅读和个人交往中，张老师，包括与他形影相随的嫂子，是我心中一座敬畏有加的达坂。是的，达坂！不经盘绕，难以攀越。他们的广博、他们的见识、他们的视野，于我来说，天悬地隔，难以企及。但是，我们一同度过了令我终生难忘的许多美好时刻。无疑，这对我来说，时时有一种来到达坂山下的激动。

就在书出之前的今年八月上旬，我们一起再次走了一趟祁连。感受着高原特有的地理环境，来回共翻越了不止五六座达坂：铁迈、景阳岭、草达坂、默勒等。一会儿在海拔4000多米的垭口，一会儿在雪水恣肆、乱石横陈的山谷，一会儿在张老师念念不忘的大通河边。在壮美不凡的大山深处,他几次叮嘱我停车稍事休息。最让我难忘的是,怕我在一座座流向身后的山峦和美景之中自我陶醉,他送我一段我曾不怎么在意的经文:你们不要骄傲自满地在大地上行走,你绝不能把大地踏穿,也不能与山比高。

我蓦然心惊。这不只是他《轻轻地触碰》之际曾经为之心领神会的句子,而是他踏遍大半个地球的求知过程中,深深体察到的绝对真理。

不同的地理坐标,不同的地貌地形,他这几十年走过很多大山。大山,一度成为他和嫂子求知、思考的重要背景和另类书本。日本、西班牙、摩洛哥、古巴、墨西哥、秘鲁等,不论是在什么文化背景下,他们都是怀着谦恭、怀着对他者文明的敬重,在与大山对话,并深深地咀嚼着隐藏在大山之中的各种隐秘,这一去经年。虽然从来没有自诩过哪怕是一句自然之子或文明之子,也不屑于这么浅薄地表述,但是在自然和文明的近距离接触中,他们却从来保持着小学生般的谦卑与自抑,对自然的解读和领悟从来都是入肌入理的,其精准有时让我看着他高雅的字句而不得不感叹良久。正是因为有这样一个让我们习焉不察的姿态,在他黄钟大吕般的文字波涛中我从来没有看到过任何对自然骄狂的句子。

犹记得2011年9月下旬《涂画的旅程》首发之际,青海回族撒拉族救助会在门源有活动。扶贫济困,当仁不让。这是一次实践个人追求的机会,张老师肯定要去,我们兄弟几人高兴地陪着他来到达坂山下。谁想,大雪封山,道路不畅。走不走,冒不冒这个险?对宁夏几个农民兄弟来说机会难得,甚至罕有。许多人心里迫切,嘴上不言。而张老师当时断然叫停,不做解释。如今,读着《那一年的白灾雪原》,想着当时的决然,我才明白:兄弟之谊,何为基石。

在经年的阅读中,我还深刻地感到:他把每一项功课、每一门新知、每一项修炼都当成了一座严峻的达坂在攀越,从来都做着决绝的准备。套用一句俗话,他有着浓浓的达坂情结。就我所知,他已翻越了体制、资本、侵略等事关天下大义的多座冰峰达坂,俯察其本质,揭示其丑恶,时时处处全然忘记了个人安危。

面对人的堕落,面对人的庸俗,面对表演时代的一切浅薄,他早早上路,且行且战,这一晃三十三年。但知音难觅,形影孤单,朋辈之中太少两人中的第二人。这使他在七十岁生日之际,再次远上祁连,面对青海长云,在海拔四五千米的牛心山下写下了他心中的阳光与嘱托。

读此文字,我每每还感佩于他对一己追求天下大义的不断实践。从青海西部马海哈萨克帐篷到东部干旱山区卡力岗，从祁连腹地的托茂人游牧地到约旦巴勒斯坦难民营，他留下的不只是履行天课的脚步，还包括对天下所有无助他者和边缘弱势们亲戚一样的无私关怀。在我的眼中，这一切都是他著作最好的注解，也是他心中从不消失的阳光。

高山景行，有幸见证，但井底之蛙，哪能谈天？在给孩子们讲我对本书的阅读感受时，我把顾炎武在《日知录》卷十三"正始"中的一段话抄写给她们：

有亡国,有亡天下。亡国与亡天下奚辨？曰：易姓改号，谓之亡国。仁义充塞，而至于率兽食人，人将相食，谓之亡天下。

知保天下然后知保国。保国者，其君其臣，肉食者谋之；保天下，匹夫之贱，均与有责焉耳矣。

这就是知识分子的担当，千年相沿的士气？

我的女儿说，这是大地代治者的风采：面对世界的不义，有能力制止者用其能力；缺乏能力者，用语言；语言都还不能够，则恨之！

哦！是语言。语言！这是一座语言的祁连山。山上是日月可鉴的祁连心。这一颗心，有时还是巴勒斯坦少年手中的投石。

马志荣

戊戌随笔

马志荣,男,1968年9月生。省作家协会会员,诗歌学会理事。1990年毕业于西北师范大学中文系,曾从事过中学语文教师、电视新闻记者等工作,现居广东。以写诗见长,亦有零星散文、小说作品及文学评论散见于省内及全国多家报刊。2004年出版诗集《心的纺车》(中国文联出版社),并有多(部)篇文学作品获得省级和国内奖项。文学评论《青海回族文学:微弱而坚韧的声音》获得首届"青海文艺评论奖"三等奖。

戊戌随笔

回首走过的路，我们不难发现，所有的愿望都已经实现，甚至有许许多多我们不曾奢望过的快乐和生活，也都如愿以偿！

是的，回过头来想想，一切都是最好的结局，又何必纠结不堪，自寻烦恼呢？只是要等到那个前定的时间而已！

是为勉！亦为记！

思念是一种幸福，也是一种痛

入秋以来，一直是连绵不断的雨天。仰望着细雨霏霏的天空，总会让我想起许多遥远的往事。那天下午，独自在家，静静地坐在饭桌前，凝视着父母亲曾经的卧室门，不禁回忆起他们和蔼慈祥的音容笑貌。尤其在每年的这个季节，我对父母双亲的思念就会与日俱增。

"白露过后是秋风，寒露之后霜降就不会远了……"这是父亲生前总爱说的一句话。

这是因为，这个季节正是一年里驯鹰猎兔的好时节。父亲的一生平淡而忙碌，但因为对驯鹰猎兔这项流传了千百年的人类狩猎技艺的痴迷，他的生命瞬间显得富有色彩，他的人生片段折射出了鲜活的气息。带着他宛如亲密伙伴的猎鹰，父亲用一生的时光，走遍了故乡的山山水水。他能够清晰地记得哪座山上有几处兔子窝，在哪条山沟里捉到过一只兔子……甚至在他82岁高龄的时候，还能够手执雄鹰，健步如飞！仁者乐山，智者乐水。

一生几乎都以大山为所的父亲，虽然没给儿女们留下多少金银和房舍，却留给了我们智慧和勇敢；这些无穷无尽的精神财富，又怎能在倏忽的生命历程中用得完呢？穷其一生的精力，做着一件自己钟爱的事情——平凡的父亲用他朴素的作为，告诉了我一个至深的哲理：

营造幸福的人生，其实很简单。爱我所爱，无怨无悔。

如今，每每回忆起这些，我的心情就会像季节的天空，淅淅沥沥，温暖而潮湿。思念是一种幸福，也是一种痛啊……

幸福总有另外一种状态

在酷热难耐的季节去海边，吹吹海风，享受沙滩，再把白嫩的身段晒成性感的古铜色——追求健康的确是一件十分惬意的生活目标。

盛夏时节，天地被浓烈的暑气围拢，岁月便呈现出了一年中最生机勃勃的景象。莺飞草长、万木葱茏的旷野令人神往。回归到原始、本真的生命状态，原本就是人性的本质使然。

但久居喧闹都市的现代人，被钢筋混凝土的笼子囚禁，从不觉曙曦，更无论阴晴；抬头看不到眨眼的星星，俯首更闻不到泥土的气息，就连最质朴的亲情也渐渐消散得已经很难捉摸。被鼠标和键盘引领着的这个时代，一切都变得陌生起来。如果能偶尔听到一两声隐约又暧昧的不知是猫叫还是鸟鸣的声音，竟会激动得不知所措……

这样的状态，让人们渐渐有了病态的思绪，于是就有了去海边放浪的冲动。或许，海岸宽广和深邃的怀抱、海浪细腻与轻柔的浸润、海风浪漫与缠绵的抚慰，会让一颗焦躁的心得以愉悦和宁静。

总喜欢在黎明时刻静伏在窗前，凝视着东方的天幕一点一点被新一天的阳光拉开；总有喜悦和激动伴随着每一天的第一缕晨曦涌入我怀；这样的时刻，也总是给我一种身临大海的幻觉。

总有这样的遐想——尤其在酷热难耐的季节去海边，让清晨的海风吹散早高峰的凄苦，远离上下班的孤独，尽情享受夕阳沐浴着的沙滩，再一天一天把臃肿的肚腩和缺钙的大腿晒成性感的古铜色……

这的确是十分值得去努力追寻的幸福生活。

真的，幸福一定会有另外一种状态。

感发是对生命的一次敬畏

刚刚经历了一丝冬的寒意，今天又迎来了阳光明媚的日子。仿佛一夜之间，季节又重新转回到了夏日，户外处处显得绿意盎然，这在我遥远的大西北的故乡简直是一件不可思议的事情。但生活的确是如此千姿百态，人也总是很奇怪，有那么多不可思议的奢望——身处温暖时，渴望着凉意；沉浸在安逸闲适的生活里时，却又羡慕大起大落的激越时光……

在这个人心中原本没有季节，只是世态有炎凉的时代里，假如再缺少对身边任何一个值得纪念的情景和细节的感动和抒发，那生活还会有多少乐趣？生命还有什么意义和追寻的价值呢？

步入中年，意味着思索的闸门正在徐徐开启，但在中年的岁月即将接近尾声时，思索的念头才开始涌上我的心头。所有的日子似乎都已经结束，但我思索的一天却仿佛才开始，这又是一件多么荒谬的事情啊！

一直在敬仰英雄，一直爱琢磨伟大时代里的所有细节。从荆轲到秋瑾，从陶渊明到鲁迅，无论是文人还是武士，我一直坚信他们总是从历史的最深处俯视着岁月长河里细若微尘的浪花，但他们离我毕竟太遥远，不论是时间还是空间，遥远得我无法真切地触摸到他们除却历史书籍中记载的那点儿亮色之外的任何情形。我也常常把一些地缘关系上离我更近的英雄仔细罗列在一起，从史书对他们人生不同寻常之处的点滴记录中寻找英雄的真实影子。董卓、诸葛亮……他们的生前愿和身后事更成了我因冥想而失眠夜里苦苦思索的主题。

前天，读了友人发在微信里的一篇有关三十多年前中越爆发冲突时发生在前线的文字，确切地说，是一篇纪念英雄的文章。马占福——一个被誉为黄继光式的战斗英雄、荣立了卓越功勋的青海大通籍回族战士，1987年1月7日在战场上壮烈牺牲时只有二十岁……

坦白地讲，如今已经对很多事情都十分漠然的我，是流着泪读完这篇文章的。是的，这个默默无闻但冲天豪气足以惊天地泣鬼神的英雄，就是从我的故乡走出去的。他为国捐躯的那一年，我正在读大学二年级。如今，我依然幸福地活着，他却在离家几千公里的遥远的麻栗坡烈士陵园里静静地长眠了三十年！

近在咫尺的英雄和他的壮举，再一次让我平静的内心剧烈震颤。我不禁感慨良久，更奢望着能有机会去一趟云南麻栗坡，去看望虽然我们原本不相识却宛如亲人一样的寂寞的同乡。

家乡的老人们也常说："清不清都是一泉的水，香不香都是一乡的人。"

是的，忘却就是背叛，我们不能做无情无义之人。

五十岁有感

如果一个人能活到一百岁,那过了五十岁的生日后,他的生命就只剩下另一半了。而我期待的寿命是能活到七十五岁,如果能如愿以偿,那么,从 2016 年的农历八月初八开始,对于开始步入知天命之年的我,则意味着我不仅已经走完了整个生命三分之二的旅程,也意味着我的日子仅剩下三分之一的岁月了。

回首已经逝去的五十年——也就是占据了我整个生命三分之二时光的岁月,猛然间就有了太多的失落和感慨。

在这已经从生命长河中逝去的五十年中,我又做了一些什么呢?

无论怎样搜寻,记忆中似乎只剩下一些琐碎的、零星的、片段的记忆。先是上完了小学、初中、高中、大学;然后参加工作,娶妻生子……这期间不仅有被酸甜苦辣围拢的生存磨砺,也有被幸福忧伤陪伴的迷茫艰辛;不仅有被成功失败挫折的困惑失意,也有被真诚爱意困扰的纠结情怀。

成功也罢,失意也罢,路一旦开始,就会越走越远。就宛如今日的我,再怎么回望,都看不到当初的路和开头,更记不起当初,人生的路是怎样的一个起始?

而最为关键也最要命的是，接下来三分之一的路，又该怎么度过？

生命的本质是什么？生活的真谛又该是怎样？五十岁开始的这一天，我开始认真思考这极度天真单纯而又极其难以回答的问题。其实，一个人的幸福时光应该来自他给别人带来了多少幸福感。从这个意义上讲，如果我生命的前五十年仅仅是给自己创造财富和生活的一段仓促过程，那么接下来这二十五年更短暂的路途，就应该是在给别人带来更多的幸福和快乐中度过。

五十岁更应该是开启更有意义人生的一个节点。如果贯穿人的一生的生存智慧是尽人事而听天命；那么，从今天开始，我就应该是知天命而要更加尽人事了。

时间之上

今天是6月30日，是一年中的中点，这意味着，一年已经过去了一半。几乎所有的单位和部门都在进行上半年的总结……是啊，任何道路的终点其实是下一个征程的起点，的确是应该总结一下了。在这一年的下一半时光里，我们又会有怎样的等待？伴随着怎样的希望？满怀着怎样的心态去追寻?

站在这样一个普通的分水岭,回忆那些曾经的幸福和忧伤,细数今天以后的日子虽然都是未知,或许最好的办法就是认真地工作、平淡地生活,把其他的都交给时间!

而时间依然是在钟表面上固执前行的一种声音、一种颜色和一种轨迹……

无意间看了看手表,写下这几行文字时,这一天又过去了几个小时;又抬头看了看窗外,太阳已经有点儿偏西了。

似乎一天就又这样悄无声息,渐行渐远。

是的,在时间之上,所有的焦虑都会显得很多余……

坦然才是生命的最佳状态

时令已过惊蛰,天空中应该有雷声,但一连几天的阴霾天气一直压抑得人喘不过气来,清晨时分天空中开始飘落雨滴,原想着能痛痛快快地来一场透雨,扫去被灰霾笼罩了一些时日的心境和地上被干燥席卷得凌乱不堪的飞扬的尘土,却不成想这场来势汹汹的雨,也只是虚张声势。没多久雨就停了,天气却依然没有晴朗,天空又阴晦如前了。

来到办公室，刚一落座，就接到原先单位同事韩女士的电话——在进行了一阵短暂的寒暄之后，她告诉我：一直住院检查病由的奎叔，最终被查出患了癌，目前一直在化疗，想到先前我们一起工作时，彼此都很投缘，相比其他同事，我们的关系更加密切，因而她打电话给我，一是告诉我这个消息，二是希望我回电话安慰安慰奎叔。

听完电话，我感到一阵莫名的悲凉，随即平静下来。生命原本无常，福祸自有天定，我们又何必患得患失！活着未必就是幸福，死亡也未必就一定那么可怕啊。

嘴上这样喃喃自语着，心里却不由得想起了许多往事。忽然间，那些曾经在我生活中短暂停留过的同学、朋友、亲人一一浮现在脑海里，脸庞依然是那么地清晰，音容笑貌也宛若在眼前。默默罗列了一大串名字，再努力回忆着和他们在一起时的所有往事，想起了他们去世时的情景……

我想到了因为腿受伤而被蹩脚的医生接错骨头、遥想未来一瘸一拐的艰难生活怕连累他人而自寻了短见的王同学，想到了被白血病夺去生命的仓同学，想到了斋月的清晨在去往磨坊的路上因车祸而罹难的明同事，想到了患肝病而过早离世的王同事，想到了耿同学、夏同学、高同事、杨同事，甚至想到了刚参加工作教过的、因为心脏病年仅十七岁就去世了的元学生……

这样的回想不禁让我感到浑身冷飕飕，心情就像没有太阳的天空一样，越发灰暗了。

他们和我同龄，甚至有比我年龄还小的孩子，但都已经完成了生命的旅程，幸福也罢，忧伤也罢，一切都定格在属于自己的那一个瞬间了。十几年甚至已经几十年了，日子依旧在无声地延续，岁月却在清晰地见证着活着的意义和生命的价值！

当我拿起手机，给奎叔发出一条问安的短信息时，上课的铃声打破了飘得很远的思绪，楼道里学生们跑步进教室的声音熟悉而亲切，像是一阵浑厚的雷声，长久地在耳际萦绕。

是的，活着本身就是开始，也是结束，就宛如晨曦里的钟，暮色里的鼓，清脆、沉郁而摄人心魄。

而坦然才是生命的最佳状态！

遥远的奎叔，希望您一切安好……

梦想的姿态

天真的我们也曾经无知地做过许多远大的梦,许多不着边际的奢望和念头就会在脑海里缠绕着,盘根错节地占据整个身心,有时竟让我们在梦想和现实的夹缝中幸福着,痛苦着。

于是,涌动在血管里的幼稚的不安和焦躁便也与日俱增。

历历在目的那些曾伴随山野田间的蒿草一起成长的季节里,我们幼小的胸腔中有着宛如父辈们那样坚定和从容的血脉,奔涌着坚韧不拔和决不气馁的勇气,也流淌着对生活、对明天的守望和期盼。

轮回的季节也就在这样一天天的守望中流逝,不经意间,一切已经成为过去。

终于,在一个晴朗的黎明时分,我流淌着幸福的泪水离开了温暖的家,我要去一个繁华的城市里上大学了。当我深情地回望一眼曾经生活了二十多年的那片宽阔的田野时,许多双曾经守望过我的眼睛正在默默地注视着我!目光里闪动着晶莹的泪花,有留恋,有祝愿,有期盼,有说不尽的欢喜……

我不禁暗自发问:当年,父辈们也是这样从遥远的地方来到青海的吗？而今，自己又要从青海回到远方，难道这就是冥冥中的前定吗？悲欢离合的人生真的是充满了太多的戏剧性啊！

那里或许有祖先们曾经生存过的海洋！

我的脚步顿时变得坚定又从容起来。

而从此以后的岁月里，身影虽游离在喧嚣的都市里，但那些伴随我成长后仿佛远去的往事，却时常在我脑海里清晰地浮现出来，这样的时刻，也是我心灵最愉悦的时光。

平凡生活的伟大意义，其实就是日常生活中的琐碎细节啊！

很难把记忆留给某一个夏天

这个夏天忽冷忽热，显得一点儿也不宁静。尤其到了6月7日这一天，几乎全世界的人们都在因为一件事儿而忙碌不堪，让一个原本爽朗的季节变得骚动不安。

我似乎也被这样的气氛紧紧围拢，渐渐变得比往日焦灼，开始不安起来。

其实，任何一件原本普普通通的事情，一旦被人们过度关注之后，就会变得一发不可收拾。而一年一度的高考，莫不是如此。每当面对眼前因为高考而发生的那些情节和细节，总不免会回想起我三十年前的高考，总想从脑海最深处打捞起那些细微的记忆的种子，还原当时的情形，做一次难得的中年人很少有的感动之旅。但是，所有原本应该很难忘的往事，却很难记忆起来，零零星星积攒的只有点点滴滴的片段。

——比如我高考的时候穿了怎样的衣服，吃了怎样的饭菜，用了怎样的答题器具……都实在是记不起来了。哎！早知道三十年后的今天高考会变得如此惊心动魄，我一定会把它们一一精心地保存起来！

呵呵！人的大脑内存一定是有限度的，许多经历过的，那就是美丽而琐碎的生活；还未到来的，那是梦想和追求。

而让一个普通人记住所有往事，似乎是一件很费周折的事情。

是的，我们很难把记忆留给某一个夏天。

我却仍在地上

和三十年前相比，如今的我要淡定从容得多。那时候，总有一股莫名的狂躁和阵阵无言的焦虑围绕着我。现在回首那些寂寞又忧郁的往事，我渐渐开始明白，那时候的狂躁或许就是青春期的骚动，而那些无厘头的焦虑，实际上就是对许多遥遥无期的梦想的迫不及待。

常常在一个人的夜里遐想，期待有一天突然能遇到一位豪爽善良的高人，帮助我瞬间实现梦寐以求的愿望，或者在某一地点捡到一个神秘的包裹，打开一看，竟然是整捆整捆的美钞，甚至还希望做一件能一夜成名的大事情……

越想越远，越想越累，想着想着就睡着了，等第二天闲暇时再回忆起这一切来，就感觉又害羞又荒诞。

那时候总有一种起飞的梦想，并一直假设着在突如其来的机遇面前的种种表现！

而几十年后的今天，我仍在地上。

但我也是最值得骄傲的一个，虽然年少轻狂时的那些梦想正渐渐离我远去，但不知不觉中我拥有了那么多不曾奢望过的东西。其实，自由自在的精神，才是最宝贵的财富。

遇到了不曾遇到的人

最近几天，身体里好像滋生出了许多异样的东西，总感觉有些不适，于是想着不开车，走路去上班。

于是就选择走一条很久没有走的路，却不成想竟然遇上了分别多年的一位故人。

屈指一数，竟然十年了。在光阴穿梭的故事里，一切都发生着不曾预料的改变。就连我也暗自吃惊——刚刚步入中年的我，竟然已经变得如此神凝气定，不仅昔日的狂热和激情消失得无影无踪，更没有了丝毫的惊喜与慌乱……

她的脸色有点儿发青，而慌乱又表现出的极力想掩饰什么的神情中，我能隐约感受到她目前的尴尬和窘境。

看来她过得并不好，这正好应验了一句老话：出来混，总是要还的！或许，物质生活的富有与奢华会让人得到一时之快，但直面现实时，我们无法否认精神世界里的沉重枷锁或许更可怕。

透过时光渐渐模糊的背影，似乎能听到每一朵花开的声音，遥远的路程、昨日的梦以及远去的笑声。再次见面的我们，又历经了多少不同寻常的路程！不再是旧日熟悉的我，有着旧日狂热的梦；也不是旧日熟悉的你，有着依然的笑容。而无论幸福与忧伤，宛如流水的光阴，和它背后那些悲欢离合的故事，改变了我们的人生，更让我们拥有了不同的体验与收获。

在一条曾经常走过的路上，遇上了一个从未遇到过的故人，这或许就是巧合，但它勾起了我对往事的记忆。虽然曾经给了我无尽的伤和痛，但面对我今天衣食无忧、车马轻裘、自由自在的幸福生活，我依然会祝福故人——但愿你过得比我好。

就在这样漫不经心的回想中，不觉已走到了又一个路口……

老日子

日子其实无所谓老与不老，这只是家乡的老人们对农历纪年方式的一种通俗称谓。

惯用老日子的纪年方式记事，老人们都有一个共同的特点——他们几乎不去记忆一些重要事件发生的年份，却会异常清晰地记得发生要紧事情的那一天的准确时间。王家的大孙子是六月初九的，李家奶奶的忌日是五月二十三……

"月怕十五，年怕端午"，常常听老人们都这样感慨着呢。原来在老人们看来，按古老的农历方式纪年，每年的日子就会比用现在的公历计算少许多天，生命似乎也少了那么几日。因而,每月的十五以后,月亮开始由盈变亏,日子也仿佛渐渐褪色了,一个月也就算过去了;而每年的端午节,似乎就是一个分界线,一年的时光也即将过去了。

或许日子就在这样飞速地前行着,轮回着,渐渐地,就蒙上了一层苍老的外饰,于是也就显得朦胧了,珍贵了。

其实这种朴实的称谓中,也饱含着一种对生命的独特体验与对生活的宿命感受;也正是在这样一种对时间概念的古老轮回中,才能真切地触摸到生活固有的沧桑无奈与局促不安……

老日子,更凝结着一种情愫,一种留恋和怀念。

两块钱也是一段往事

下午在去上班的公交车上,偶遇到一位中学时代的同学,昔日的美貌如花和亭亭玉立如今已经荡然无存。再看看自己,也已经是大腹便便。三十年一晃而过,风华正茂的我们都已经步入了中年。

是啊,时间都去哪儿了?在这恍然如梦的岁月里,唯有那些曾经的往事历历在目。

曾经有一年,同学们要去省城游玩,在火车站,有人来送我,并把已经揉得很破旧的两块钱给我了。原本想拿它做个纪念,却被同学们讥笑,只好拿出来请大家吃了饭。那时候的两块钱可以炒上一盘荤菜呢……

想起那些天真年代里的纯情往事,总是令人怦然心动。

或许,时间也会老去,但真情会永恒!

冬天来啦

今日立冬。久违的季节又如约而至,苍茫的天空和萧条的大地,则正孕育着生机和希望。

北国的独特风景,宛如激越生命中片刻的安静时光,让人感觉到凝滞带来的安逸和愉悦。

岁月的额头上又增添了一道浅浅的皱纹,而我的思绪里更少了些傲慢和轻狂。

是的,这就是所有被认为是伟岸的轮回所折射出的坚韧和力量!

我们踏雪而行,我们义无反顾。

的确,重拾理想的道路也并不遥远了……

而冬天的日子里,虽然多了些寥落,却少了些忙碌;我可以在一种淡泊而宁静的心境中,舒展着文字,聆听着那些被岁月磨砺的往事发出的声音。阅读、写作、吃饭、睡觉；几乎所有的日子似乎都应该是这样过的哦——追求平凡生活中的伟大意义，就要去用心感受日常生活中的那些琐碎……

有时候，我们的心情会变得捉摸不透，宛如一个不慎走光的少妇，在既感觉羞涩又倍感甜蜜中，回味着生命中的那些忧伤和幸福；往事便如同开闸的水流，急速地从脑海中漫过，眼前的现实突然间变得遥远而陌生。

而在人生的四季中，我更喜欢秋天。喜欢踏着"沙沙"的落叶，聆听季节的声音，感受生命中那份稳健的收获和思索。而秋天留给我们更多的，则是缤纷的色彩和沉甸甸的枝头，它不仅会让我们的生活变得鲜活而生动起来，也会让我们的心境在秋的意韵里豁然开朗……

再回母校的感受

去年中秋节假期，带着妻子和儿子游玩兰州，其间，在他们的要求下，来到了阔别23年的母校——西北师范大学。故地重游，那些曾经有过的幸福滋味即刻涌上了心头……

行走在如今已经被浓浓的现代化气息所包围的西北师大校园，极力搜寻着那些镌刻了昔日往事的一草一木，在岁月雕刻的缝隙里，一切竟已难觅踪影！这不禁让人思绪飘飞，感慨万千！

曾经记载了我们一生中最美好时光的校园，曾经承载了我们那么多美好记忆的课堂，曾经留下过我们烂漫的青春、甜美的爱情以及少年懵懂的欢乐与忧伤的校园，此刻已经变得有些面目全非了，我们甚至找不到原来的盘旋路、学生区、8号楼……

那一刻的我，就像是一个迷失在航空港里的孩子，总想大哭一场！我感到了从未有过的深深的失落和难言的惆怅。

或许我们已经慢慢变老！

我用一组照片表达了那种莫名的伤感，现代化的大潮已经把我们生活着的这个时代冲击得七零八落，就连一向宁静而优雅的校园，也变得喧嚣而浮躁不安。

漫步在西北师大的校园里，满目皆被各色现代化的广告招牌充盈，昔日的那份典雅和庄重荡然无存。

多么怀念当初的校园风景啊！

一组照片是我在匆忙的浏览中留下的一点儿记忆，思索或许会让西北师大的所有同学、校友、兄弟、长辈与我共同感受那些曾经岁月里的美好和欢乐……

但愿如此！

对话

大约在十年前，班车在去往郊区县的公路上奔驰。车窗外深秋的景色令人心醉，一望无际的田野上整齐地盘放着刚收割不久的麦捆，喜洋洋的农民正在地里挖洋芋。

"昨晚夕的那10块钱花得实话划来！"

"实话呀！不然耽误了一天的斋，那个'财'就折得太大了。"

坐在我身边两位蓬头垢面的年轻人的对话瞬间让我倍感亲切。回头望去，我一眼就断定出他们是刚从外面搞副业回家了。

班车继续前行，他们的对话也在继续——

"这一回知感着哩，六个月天气能拿回家4000块。"

"阿来呀！知感不尽。头没痛，病没到，平安地回来了，这是最大的恩典。"

"你看'尕良教'，好端端地，说殁就殁哈了。"

"可怜哪！前天他的阿大来领他的工资时，浑身破披烂衫,听说家里困难得很。"

"就是哩,不然咋会打发一个14岁的娃娃到那么远的地方去挣钱哩?"

伤感中陷入了沉默,不久话题又开始了。

"这次出来坐上的便车也划来。"其中一个说道。

"花土沟离这里2000多公里哩,坐班车最少也要花300多块呢。虽然颠簸了些,但省下了100多块呀!"

"就是!我去看丈人的钱就出来了。"说话者脸上露出了欣喜。

"半年没回家,要去的亲戚家多啊!"另一位附和道。

"尕外爷、四大大、二姨娘家……都要去。"

"我最少也要去七八家哩。"

"一家里买上20块钱的东西,就要200多块呗!"这样一算,感觉挣到的钱还是少了。

两个人的脸上顿时飘上了苦涩和无奈。

脸上的愁云很快便被回家的喜悦冲散了。

"家里的洋芋起开了吗?"望着车窗外田野里干活的人,两个人异口同声地一个问另一个,又都笑了。

聂文虎

八宝仙境

峨堡

二寺滩：堆砌记忆的词条

聂文虎，笔名，牧人。网名，麦子。1968年12月生。中国曲艺家协会会员，中国散文诗研究会会员，青海省作家协会会员，青海省民间文艺家协会理事，青海省海北藏族自治州作家协会副主席，《祁连山》文学杂志主编，《金银滩》文学杂志编委。曾就读于鲁迅文学院少数民族作家班，作品获青海省"五个一工程优秀作品奖"。出版专著《祁连情缘》《蝶舞云端》《天边的草原》《祁连山笔记》等，编著《祁连等你来》《媒体中的新祁连》等文集。在《人民日报》《光明日报》《工人日报》《中国青年报》《中国妇女》《诗江南》《散文诗》《青海湖》《青海日报》等发表作品。获中国记协优秀专题奖、《大众摄影》奖、华夏文学奖、青海文学期刊"优秀编辑奖"、青海河湟文学奖等省部级文学和摄影奖项40余项。作品入选《中国短篇文学选》《中国校园诗歌选》《青海，可爱的家园》《诗青海2014年鉴》《青海散文双年选》《我们和玉树在一起》《时代先锋》等36种文集。现供职于青海省祁连县文联。

八宝仙境

祁连山是我国境内的主要山脉之一，位于青藏高原北缘，地跨青海和甘肃，西接阿尔金山，东至黄河谷地，与秦岭、六盘山相连，南与柴达木盆地和青海湖相连。"祁连山"之名源自古代匈奴，在古匈奴语中，"祁连"意为"天"，祁连山因此而得名"天山"，又因位于河西走廊以南，称南山。唐代诗人李白"明月出天山，苍茫云海间。长风几万里，吹度玉门关"中的"天山"即指祁连山。《汉书》记载：祁连山"在张掖、酒泉二界上，有松柏五木，美水草，冬温夏凉，宜畜牧"。西汉时霍去病出临洮，扫荡匈奴后，匈奴发出了"亡我祁连山，使我六畜不蕃息；失我焉支山，使我嫁妇无颜色"的悲歌。从河西走廊望去，祁连山横亘南部，宛如一幅延绵不断的青色屏障。

祁连县恰处祁连大山中段，独得自然精华，物华天宝，众水滋润，是养人的福地，生灵的圣境。早在元朝，祁连就以"八宝"(金、银、铜、铁、麝香、鹿茸、大黄、黄蘑菇)闻名天下，由于丰富的物种资源和巨大的储藏能量，著名地质学家李四光将祁连誉为"中国的乌拉尔"。祁连县是黑河、大通河、托勒河"三河"源头，是青海东北部的水塔，年径总流量23亿立方米，水能资源理论蕴藏量56万千瓦。美丽的祁连山大草原，天然草场资源丰富，是青海省最优良的牧场之一，是青海白藏羊和藏牦牛重点生产基地，也是青海省的重要生态畜牧业基地，全国唯一可湿法生产的优良棉种——祁连石棉，原矿储量大、棉质好，素有"味精棉"之称，可与加拿大的魁北克石棉相媲美。"天下之美玉为先，中华美玉出祁连。"祁连宝玉石品种主要有翠钢玉、岫玉、翠花玉、墨玉、桃花玉、玛瑙、红宝石等，有浅绿、翠绿、墨绿、白色及过滤色，祁连玉雕制品细腻滋润，具半透明感，有较高的欣赏价值。"葡萄美酒夜光杯，欲饮琵琶马上催"的千古绝唱，令古往今来无数先贤墨客对祁连玉的材质大加赞赏和称道。沿海地区把祁连翠又称为中国翠。祁连翠玉除具有很高的工艺价值外，还含有多种对人体有益的微量元素，是制作餐具、酒杯的名贵矿物，"葡萄美酒夜光杯"中的"夜光杯"

就是用祁连玉雕琢而成的。千里祁连碧雪染，万载古木盛世春；千种风情祁连玉，万般华贵皆在前。"养在深闺人未识"的祁连玉，在发展生态经济新型产业的大山之中破茧成蝶，犹如烂漫的山花开放在世人面前，祁连玉制品已销往北京、湖南、广东以及香港、台湾等地及东南亚等国，祁连玉以她的雍容华贵和玲珑秀气吸引了海内外不同肤色的商贾游人聚焦祁连，聚焦祁连玉，打开了祁连玉走出大山、走向全国、享誉海内外的大门，祁连玉石已成展示祁连丰富矿产资源、促进经贸交流的窗口。

多样性的地理地貌，构成了祁连山原始性、神秘性、多样性、生态性兼容的地理资源特点，独特的高原自然风光、久远的历史、多样的民族宗教文化构成了祁连县多民族交融、多宗教传播的多元化人文景观，多民族传统文化、宗教文化以及草原文化、农耕文化汇聚融合，形成了兼容并蓄的独特人文特征，积淀了以"唐蕃古道""阿柔部落""蒙古六旗""回族拱北"为代表的高原民族文化。境内流淌的国内第二大内陆河——黑河，一路劈山凿谷，造就了长达百公里的世界第三大峡谷"黑河大峡谷"，中国最美丽六大草原之一的"祁连山草原"，蜿蜒密布、郁郁葱葱与天共长的"祁连林海"，亚洲最大的半野生驯鹿基地，形象各异、变幻多姿的"祁连石林",历经风霜洗礼的格萨尔王边城遗址,神奇瑰丽的油葫芦自然保护区构成了八宝仙境独具魅力、叹为观止的自然景观,使祁连县成为我国原始生态环境保存最为完善的地区之一。

钟灵毓秀、人杰地灵的祁连八宝谷地在冠以"高原明珠""牧区江南"的美誉之后,又有了"天境祁连"的盛誉。祁连县被称作天境,自有她得天独厚的条件。走进祁连,连绵不绝气势雄迈的群山万壑巍峨挺拔,祁连山以葆育万物的大胸襟和大气度莫负于"天山"这个富有诗意而令人遐想万千的名字。著名作家张承志先生在《凡生命尽予收容》一文中激情赞颂具有灵气和滋养芸芸生灵的祁连山,在游历祁连结束道别时,还不时对我念叨:"祁连,不错,养得住穷人的地方!"诚哉斯言,张承志先生说出这番话自有他的道理。因为,在近一个礼拜的探访中,张承志先生已从祁连穆斯林与各族群众的起居生活、座谈交流中感悟到了这片富庶之地源源不断的滋养与睿智。

作为交通要隘,祁连北通丝绸之路河西走廊,南护环湖地区河湟流域,历史长河中,无数次上演的金戈铁马征战大戏,已被定格在泱泱史册的画卷中。然而,就是在这刀兵争演无数酷烈的关口,祁连以自己的深沟平谷、森林草原和雪山乳汁滋养了鲜卑、吐谷浑、突厥、吐蕃、回鹘、党项等等当今已无从问津的草原游牧族人，这座母亲一样的亿万年大山，至今仍在护佑着藏、回、蒙古、撒拉、土、东乡等十五个宗教信仰各异却具有博大爱心与凝聚力的儿女们。

从峨堡草原沿着平展的峨祁公路，自东向西迈进祁连，一路上，一望无垠的草原伸向天边，草原的尽头是高高的雪山，绿色的原野之中，牛羊似繁星点点，几匹骏马在风中昂着头颅，扬起长长的鬃毛，疾驰越过湿地中央，溅起一簇簇银色的波浪和水花。公路两侧，红砖绿瓦的房舍和彰显浓郁民族风情的牧民新居在山峦层叠，炊烟袅袅中，雨过天晴的草原被缠绵的细雨一洗凡尘，宁静而悠远。当年范长江走青海，内地人都以为到了天边，对青海充满着无知与偏见。如今到青海、到天境祁连却成了每个人令人羡慕的一次向往之旅。范长江在《中国的西北角》描述的"路险只宜于单骑行，有二三百里无人烟""过了门源以后，气候高寒，不宜人居，农事无望"的所见所闻与今日祁连草原上的田园牧歌相去何止千里！

走进祁连山，山巅白雪皑皑，云遮雾绕，山下草原无际，牛羊成群，山间林海莽莽，雄鹰翱翔，到处是美景，处处是风光。的确，祁连宛如田园牧歌般的自然风光让人沉醉，浓郁而独特的民族风情让人感动和向往。卓尔山脚下的回族风情园里，无论是来自陕西、江苏、安徽，还是四川、重庆、云南、宁夏，在品尝具有祁连地域特色的民族饮食和面点之后，主人还为穆斯林游客腾出房屋，专门设置礼拜室，供旅途中的多斯缇礼拜做功课，令穆斯林游客欣喜和感念不已，连连称谢："知感真主，走遍五湖四海，皆有亲如一家的兄弟姊妹。"

四川《工人日报》编辑室主任李汉思说："我跟随环湖赛两度进入祁连，采访车发动机出了故障后，风情园的掌柜专程从县城请来维修人员及时排除了故障。祁连的景色很美，祁连人家善待他人的兄弟情义也让我们难忘。"青海师范大学美术系和西宁新世纪职业学院的师生，每年暑假都结伴来祁连写生，许多游客看到师生们的画作，再比照自己拍摄的祁连景色，异口同声地感叹："世界上最好的画家，也画不出这自然雕琢的美景！技艺再精湛的摄影师也难以拍出祁连山原有的质感与色彩。"

当巍峨的雪峰捧起洁白的哈达，激情澎湃的黑河奏响史诗般的歌唱，祁连草原的情怀，就会深藏在你走进祁连的心间，当你身处这片草原，除了被她厚重的历史所震撼外，还能感觉到她的温情和浪漫，因为天境祁连的每一道风景，都让这块神奇的土地充满了质感，每一幅具有时代意义的画卷，都增添了天境祁连无限的现代气息和精神实质。祁连县境内有省级文物保护单位——拉洞元山（新石器时期）遗址，青铜器时期的扎麻什寺沟铜矿山遗址以及卡约文化时期的夏塘台、黄藏寺、郭米寺遗址，还有汉代的古方城、宋代的三角城、元代的峨堡古城等。

祁连县是一座文化资源的"富矿"。早在5000年前的元代，祁连地区就有人类放牧居住，繁衍生息。纵观古今，历史上，祁连有匈奴、党项、吐谷浑、吐蕃、蒙古族、裕固族、哈萨克族等民族族群定居和迁徙，遗留下来的相关军事、政治、宗教及经济等方面的口传及实物、遗迹异常丰富，加上历史上沟通中西方重要交通要道丝绸之路的南线贯穿欧亚大陆，游牧文化与农耕文化、军事文化与商贸文化等交汇于此，使其有了浓厚的文化积淀。诸如与苯教、佛教、伊斯兰教及地方民间信仰的地名的保留和沿用，在一定程度上体现了祁连地区文化的包容性，也充分体现了青藏文化的多元性、多样性特征。

天境祁连，祖国歌声里的一个亮丽音符；天境祁连，祖国西部大地上的一块璀璨宝石。

冬夏常青的松柏，连绵起伏的雪山，神奇雄浑的北国风光,总是牵引人的目光为天境祁连写下阳光般温暖而清新的文字与记忆。

峨 堡

沿着宁张公路一路向北,越过浩门大桥,经门源青石嘴,翻越景阳岭,走进中国最美丽的祁连山大草原,依山而建的峨堡古城仍清晰可辨,城郭南北宽280米,东西宽230米,高6米,底宽13米,城内城隍庙,城外点兵台、烽燧等遗址依稀颓存。跨入城门,拾级而上,站在瞭望台上,极目四野,挺立万年的祁连山绵亘不断,城里人工种植的牧草,像大海中翻滚的碧浪,轻柔而细密地与破旧的城墙耳鬓厮磨,娓娓诉说着曾经的金戈铁马和刀光剑影。夕阳抛洒的晚霞里,仿佛看见历史深处印迹依稀绵延不绝的商旅驼队,自东向西一路纷至沓来。残破的城墙边上,一簇簇枯草摇曳着远去的历史,如烟往事似脚下随意生长的蒿草，从草原的周身弥漫开来。

峨堡古城坐落在青甘边界的青海省海北藏族自治州祁连县，建于1206年—1279年间，古时称之为博望城，是连接甘青古丝绸之路的要道，也是古丝绸道上的一个驿站，是丝绸南路的咽喉。《西宁府新志·古迹》载："(峨堡古城)在卫治西北永安城西一百四十里，元时筑，今遗垣尚存。""峨堡"系蒙古语"敖包"的音译，意思为"堆垒"的土堆或石堆。藏语称之为"喀尔玛"，意为红色的古城。著名的丝绸之路大斗拔谷道(今扁都口)在峨堡穿越而过。

峨堡，是青海通往甘肃、新疆乃至西伯利亚和欧洲的辅道之一。汉武帝开掘河西走廊，打开中西交通要道之后，峨堡作为中原人（内地）走进吐蕃、羌人领地的南北交通要冲，成为兵家必争之地。著名的丝绸之路大斗拔谷道(今扁都口)就经峨堡，凡经大斗拔谷或者托勒川(今央隆乡)踏入环湖地区，进入青藏腹地的军队商旅，无不得先叩响峨堡的城门。独特的地理条件使峨堡成为内地先进思想文化进入祁连草原牧区的先导区，秦汉以来，月氏、匈奴、吐谷浑、吐蕃、党项等众多民族先后在这片富庶的土地上游牧生息，游牧文化和农耕文化相互融合，众多民族和民族文化在这里融汇发展，使祁连拥有了古老的黄河文明与新生的河湟文化，历史在文明与战争的碰撞中积淀了深厚的人文底蕴，闪耀光芒的华夏文明与久远的中原文化由此步入羌塘草原，以星星之火燎原之势架构着高原民族的文化记忆。

峨堡，作为祁连山系南部一个重要的经贸交易重镇，同时也在军事和战略要地上有着举足轻重的作用。无论把峨堡称为青海之北的第一站，还是青海的"北大门"都名副其实，实不为过。这条丝绸古道绕山远走，连通欧亚，使得华夏文明和西域、阿拉伯半岛直至欧洲腹地都发生着关联，从而有力地影响着世界文化的色彩和质地，纵观人类挺进的步履，历史正是以这样的方式绵延而来。

《后汉书·西域传》记载："驰命走驿，不绝于时月，商胡贩客，日款于塞下。"古诗亦云："绝少人烟处，王公地界分。良禽飞不到，胡马自成群。失路泉难觅，无田草熟耘。京华何日至，捷足欲凌云。"可以想象，那时，每天往返此地的行人、商队络绎不绝，丝路上驼铃叮当，场面甚为壮观。站在城墙上东南远眺，峨堡滩在阳光下更显水美草鲜，牛羊茁壮。

隋大业五年（609年），隋炀帝西征吐谷浑，在峨堡和阿柔（原阿力克）地区展开覆袁川大战，一时墩台烽燧，狼烟四起，金戈铁马。炀帝在大帐中运筹帷幄，致使伏允20万兵马灰飞烟灭。炀帝获胜后率40万大军风雪夜夜宿扁都沟，"士卒冻死大半，后宫妃、主狼狈相失，与军士杂宿山间"。在峨堡扁都口距离甘肃省民乐县城约35公里处，有一座古墓，相传隋炀帝在穿过扁都口时遇到特大暴雪，隋炀帝把病死的姐姐埋葬在此处，古墓被当地人俗称为"娘娘坟"。"娘娘坟"坟冢不大，直径6米~7米，高约2.5米，四周有大大小小数个挖掘的坑，在这荒无人烟的山野，"娘娘坟"这座古墓显然已被盗挖数次，古墓遗物亦荡然无存，盗墓者以黑夜为掩护，撕扯着文明的碎片，令人心疼。经文物部门勘查，"娘娘坟"被盗时间为1995年，真是"青山一隅埋孤魂，残泪两滴吊古人，隋炀大帝今何在？是非成败转头空！"

东晋年间，在丝绸之路的河西走廊一带（今武威等地），出现了群雄割据的局面，战事频繁，交通受阻，东西往来的商队、使节全部改由青海通过，使这条南道变得更加繁荣起来，凡东南至西、进出河西的商贾、使节都要经大斗拔谷（扁都口），通过此地，峨堡便成为青海境内内地通往草原牧区的首站。

盛唐时期，经济高度发展，对外贸易、文化交流更加频繁。据史载,当时一批批的商贾、使节、僧侣、游人经过长途跋涉到达丝路上的中间站——峨堡,在这里进行休整,准备足够的水和粮草,然后向东西出发。中国大量的丝绸、漆器、铁器、瓷器以及农业水利、冶炼、养蚕等技术,均由丝路传到中亚乃至欧洲。西域的葡萄、核桃、大蒜、胡萝卜以及玻璃、海西布(呢绒)等也传入中原地区。当时祁连地区的吐谷浑商队也相当活跃,经常往来于东西各方和南北各地,并到达波斯等国。史书中也有吐谷浑得波斯良种马,繁育出著名的青海骢的记载。此外还在音乐、舞蹈、艺术等方面也有着广泛的交流,极大地丰富了我国和中亚各国人民的物质文化生活。峨堡成为"丝绸南路"上最大的贸易集散地之一,也是青海贸易和文化交流的重要"口岸"。

北宋年间,河西走廊被西夏占据后道路再次受阻,青海唃厮啰政权实行惠商政策,经由峨堡"丝绸南路"继续保持着繁荣。元代筑峨堡城(博望城),以加强防卫和保护商队、行人的安全,此后这里又逐渐成为驰名中外的茶马市场,以交易羊毛、茶马为主,过往商贾也将丝绢、铁器等出售或同当地人交换,一时间,商贸兴盛,中原大量的丝绸、麻织品、瓷器等和西域的玛瑙、玉器及当地有名的鹿茸、麝香、牛羊等土特产通过商人贩运到这里进行交易，后分别长途转运到西域和中国内地。当时峨堡城繁华的街市上，人声鼎沸，摩肩接踵，马嘶驼鸣，街道两旁有卖小吃的，有玩杂耍的，还有西域艺人表演的优美舞蹈，饭庄、客栈生意兴隆。中原的商人们在夸自己的丝绸是如何轻柔美丽，西域的贾客们也不甘落后，称赞自己的玉器是如何稀罕名贵，本地的买卖人赶着成群的牛羊驼马，任人挑选，经过一番讨价还价，一笔笔的生意在这里成交……据史料考证，在相当长的一个历史时期，极其繁华的峨堡，在人迹罕至的青藏高大陆，发挥着对外通商"口岸"的作用，被誉为欧亚大陆桥上的"旱地码头"。

自明代始，海路渐开，海运事业逐渐兴起，乘船比走陆路更为快捷，使商贾、使节大都改走水路，虽然陆行的丝路未废，但作用已大不如从前了，这条古道也变得时通时塞、时兴时废，整个青海地区的对外贸易和文化交流日益萧条，峨堡城也由盛转衰。虽然到清朝末年，峨堡的民间贸易曾一度兴起，但其充当对外通商"口岸"的历史作用已经渐渐削弱，加之海上运输业的日益发达，沿海许多城市成为通商口岸，更加使这条古道变得人迹稀少，当地的商人、居民纷纷外迁。中华民国二十三年（1934年），上海《大公报》记者范长江考察西北时曾路过峨堡，在其所著《中国的西北角》中曾描述"行八十里,至一破旧古城俗名峨博城,图上曰博望城,遍请本地之'知识分子',无有知此城来历者",可见当时的峨堡早已变得人烟稀少、商队罕至,还有那座曾守卫丝路安宁的古城堡亦是一片废墟,范长江在《中国的西北角》撰文推算,张骞出使西域返回时,曾在祁连山南歇脚。

在绿意盎然的草原,仰望宁静的天空,峨堡这座曾经名扬丝路的古城就是镌刻在山崖上的远古岁月。卡约文化古遗址"古三角城"被列为青海省省级文物保护遗址,元代"峨堡古城"、宋代"古方城"、白石崖卡约文化遗址被列为州县级文化保护遗址。1949年9月,中国人民解放军一兵团王震司令员率二军指战员在峨堡接见阿柔千户南木卡才项时写下了"白雪罩祁连,凯歌进新疆"的豪迈诗句。峨堡这条古丝绸之路上留下过唐代高僧法显、出使西域的张骞、大战匈奴的霍去病、弘化公主、年羹尧、林则徐、范长江的足迹,他们远去的身影,诉说着这片土地的厚重。从1936年到2014年,时间仅仅过去了79个年头,可是当年范长江途经此地时听到的一切、看到的一切、感受到的一切早已不复存在。

穿越祁连腹地,延伸触角,遥想当年,枯黄的草已淹没了历史。今天的峨堡,宽阔的柏油路上南来北往的汽车奔驰而过，连接青海、甘肃、新疆三省区的227国道，翻越达坂山，横跨祁连山脉，从峨堡经扁都口进入甘肃省地界，途径门源县、祁连县峨堡镇、甘肃民乐县，一路鲜花盛开，绿意盎然的大草原上珍珠般的牛羊缀满其中，原生态的自然景观和人文风情使这条国道成为中国西部"最美的国道"。峨堡，这座西部边陲的小镇，历经2000多年的发展，历经演变和锤炼，已成为今天丝绸之路经济带上的重要交通枢纽，一个新兴的城镇集群正在这片土地上悄然形成，现代化的交通网络，将曾经的天堑变为通途，时代赋予了这片土地新的内容，富裕文明繁荣和谐已成为这片草原崭新的命题，延伸着更具魅力的发展空间。

二寺滩：堆砌记忆的词条

一

多年前，父亲告诉儿女们，我们居住的地方叫二寺滩。

我觉得，二寺滩年事已高，她已成为一个村庄的旧名词。

在父亲即将离我们远去时，我感到今生再也不会抓住父亲那双布满老茧、粗糙而厚重的大手，在未来风风雨雨的日子里，有一个坚实的庇护。二寺滩在母亲的涟涟泪水中，大雨如注，滂沱若泄，厚重而严密的云雾遮住阳光，我们的心底阴暗而灰蒙。母亲知道，没有了父亲，她再也拎拾不起曾经的梦想与愿望，毕竟，一个女人担负不起过重的负荷。从那一刻，我感知：世居的二寺滩并非世居，她与我们迁徙而来的脚步有关，父亲走过的足迹印证了一句老掉牙的话，凡事要忍耐、宽容，把别人的欺骗当作亏，把奸人的话语当唾液，抛得远远的……后来的今天，我觉得这句话像拔节的麦穗，朴实得像土坷垃，庄稼人有庄稼人说话的道理，毕竟，这是生长青稞与土豆的地方生出的语言，在朴素憨实中透着"话丑理端"的光泽。于是，我开始查阅二寺滩，打开父辈们的记忆，端出我的童年和少年，晾晒在阳光下，在二寺滩堆砌词语，寻找一种漂泊里的疼爱。

今天的二寺滩，已没有了这个词；今天的二寺滩，在规划中被装订成册，送到了查阅资料的档案室。二寺滩又有了新名词，犹如父亲悲悯的命运，曾经的残垣断壁上，开放着一朵野菊花,在阳光下摇曳。这是父亲曾经的家园啊,父亲的父亲及父亲和我们,在人世的飘摇和风雨中,构成了我们的前世和今生,这是我们生命根深蒂固的归属地,犹如村庄的记忆一样牢固。我认定的二寺滩,生长在草原腹地上的家园,尽管父辈及我们茫然、顺从、忍耐、恐惧、渴望和敬畏中守护,终有一天或某一个时辰,另一个时代的二寺滩也终将登场,拉开帷幕,延伸村庄的目光,拉长人们如同炊烟一样缠绕于记忆中的时空。

二

二寺滩的上庄和下庄,犹如一块分久必合、合久必分的疆土,在历史的姻缘和人为的因素里,仿佛为了某一个约定走到一起,又为了一个誓言各自为营,只有村庄的人们,为了家园和子孙,为了自己时瘪时饱的日子,与世无争,相安无事。

在父辈的记忆和村庄的笔记里,我发现,在这块让人们漫不经心的土地上,注册了父亲曾经的驿梦,留下了父亲生命中许许多多的辗转、无奈和无助。"仅仅构想了一份梦想,这并不足以启动未来",已经离去的父亲不会像列维纳斯那样思考,但他的思考如出一辙,那是父亲生命最后的章节,没有人能回答,就像生命的漂泊,没有既定路线,也没有预定的终点。父亲曾经卖苦力的生意已经夭折,父亲的夙愿,就是从低处飞抵他向往的一种高度,然后在那里栖居一生,儿孙满堂,舒适而满足,实现他滋生在黑土地上的愿望。尽管父亲成功了,但他的成功与后来的演变却形成了对比,他的成功只是一种不同的失败,放牛、牧马、解放、土改、"文革"、包产到户、物资匮乏的计划经济时代,把父亲躬耕的身姿做成一幅剪影,同千千万万的父老乡亲一样,剪贴在另一幅画板上,父亲的一生做了些什么?就像他简短的生平,不加解释就可以得到解释,亦如我们都居住在经过解释的世界中。

二寺滩的夜晚,就像父亲的一声重重叹息,在那声叹息里,有他记忆中的秘密,有他的孤独和守望,有他纷纷扰扰解不开头绪的念想与牵挂。

二寺滩,在父亲的守望和牵挂中,成为远方的一种沉默,这种沉默在今天的许多村庄里依旧在延续,延续一代人变老,一代人长大,延续一种刻骨铭心的痛殇。然而,在我的记忆中,二寺滩,将永远定格在公元2008年,定格成父亲的一个解脱,定格成儿女们撕心裂肺的伤痛与别离……

三

二寺滩，是母亲守望的目光，是父亲充满浓浓汗渍的胳臂，是爷爷一袭陈旧而干净的马褂，是奶奶缠绕在手腕上的一串泰斯比嗨（念珠），是儿女们承继的难以割舍的爱恋。虽然可以改掉她的名字，却褪不去攥在手心里的命根子。

二寺滩上活着的和已经殁去的亲人们，拉开纤细的、粗糙的、有纹路的、瘦弱的和肥厚的大手与小手，以同一种姿势，表达对土地、对庄稼无与伦比的虔诚和敬仰。父亲说："七十二行，庄稼虽苦却如黑土，是凡人父母，这是主的造化和恩典。"透着一簇簇拔节的青稞和闪烁麦芒的穗头，父亲说过的话，犹如沉甸甸的麦穗，荡漾在我们的心间。我知道，那是父亲为自己生平书写的语言，也是后来，儿女们自以为了解的语言。但在今天，这句话中，包含着许多凝重和悲凉。

站在二寺滩上，活在泥土般厚厚的愿望里，父亲曾经以讲述未来的方式，呈现他的生命过程，透过父亲的生命记忆，我们怀念已经远去的岁月，把父亲和爷爷、奶奶们的梦想揣在心间，带上属于我们的生命列车，走向又一程旅途。

生命的脚步，无论漂泊到哪里，总要以回归的形式回到心灵的原籍。曾经出走二寺滩的人、逃离二寺滩的人、舍弃二寺滩的人、背叛二寺滩的人，生命终结后又复归本土，在二寺滩，实现落叶重归故土的轮回。虽然，外面的世界的确精彩，但他们一定没有归属感，离开故土，意味着漂泊，流离失所，意味着栖人屋檐下，迎着风雨，淋着身子，却无法退缩，也不能退缩，退缩——意味着逃亡的彻底失败。

父辈指定的路线后辈就不能更改？只有记忆中的行走，才不会迷路？在时过境迁的平静中，透过父辈的阅历，我把这一切表述为固执，推陈才能出新，不能什么也看不到！

二寺滩永远缄默不语，来来往往的人群，相互传递着不同的声音和讯息，我在这讯息中，翻腾着村庄纷扰的思绪，寻找或许亘古就有或许永远就没有中断的、让人亢奋的信号。这讯息，已不再是村庄的记忆，这记忆为二寺滩和活在二寺滩里的我们而存在。这讯息，发出新的信号，如春天的阳光飘散在二寺滩的庄舍间，布满二寺滩的陇园，在泥土的芬芳里流溢，发出亲切的呼唤，撬动二寺滩里所有人的思考支点，撼动二寺滩里所有人的思维。世居于此的二寺滩啊，我们谁也没有理由，放弃让生命前行的力量！

韩占春

光阴如斯夫

韩占春，作家，媒体人。1972年生，1995年毕业于青海民族学院政治系，同年进入青海人民广播电台文艺部工作。中篇小说《他们》以及近20万字的文章散见于报刊，编写的两部广播剧《最后的报告》和《永远的琴声》获得国家"五个一工程奖"。

光阴如斯夫

狗日的粮食

如果没有猜错,我应该出生于20世纪70年代初,1970年或者1971年。因为父母依稀记得我属狗。翻看了一下日历,1970年3月至1971年1月是狗年。那个年代的父母们,尤其是农村的父母们是普遍不会刻意去记孩子们的出生日期的。一是孩子多,二是农活忙!一般的家庭,普遍都会有五六个孩子。这也是因为一来没有避孕措施,二来上面的一句话"众人拾柴火焰高",多个孩子,多个劳力。殊不知多个孩子,就多一张耗费粮食的嘴和肚腹!在那个粮食短缺的年代,等待孩子长大成为劳力的那一段时间,总显得那么漫长!在他们身上,长成劳力而能够参加劳动得工分,和之前的粮食投入是那样不成比例。"半大小子,吃死老子",毕竟粮食是生存之根本啊!孩子们的年龄不被记住的另一个原因是户口的登记很随便,一般好几年才会有一次登记,当然会忘了具体的出生年月,只是凭着记忆填个数字而已。父母们大都记不清孩子出生的日子,登记户口的人说,下院里谁谁登记的是某年某月,你孩子跟他差不多大,也登成那个日子吧?于是,我们村子里差不多大的孩子基本上都成了同一天的生日了。我和比我小两岁的妹妹也被登成是同一岁的。可以说,那时候孩子们的岁数普遍被报大两三岁,一是为了早点儿领结婚证,二是早点儿被当成劳力!要知道,劳力和半劳力所挣的工分差好多。

劳力,是那个时候人的最基本的存在价值!

其实,就每一个村庄来说,劳力是不成问题的。因为男女老幼,能够下地的人们是全都扑到土地上去的。粮食也是每年都有的,只是那个年月,人们还是吃不饱肚子!

毕竟生理需求是人类的第一需求,这是人所共知的。在我记事的时候,老人们经常会说起"六〇年"。后来才知道,那是从五八年开始、六〇年达到顶峰的困难岁月!

直到今天，老人们看着年轻人浪费粮食，就会来上两句："不知道光阴咋转的，娃娃们，不要浪费粮食啊！"

粮食，作为我们生命的基石，就这样，以一种既让人喜欢又令人恐惧的形象深深地烙在我的记忆中！也许，那也是那一代人对粮食的情感吧！

后来，进入大学，读到纪德的《人间食粮》，我对人类面对粮食时候的那种本能的冲动有着深刻的体验，文中借用《古兰经》的一句"这就是我们在大地上所食用的粮食"让我对粮食的爱恨悲喜更是不可言说，也许这就是人类对粮食的普遍情感！再后来，一个我喜欢的中国作家刘恒，出了一个作品集，叫《狗日的粮食》，那样大胆，那样赤裸裸地和粮食叫板，真叫人痛快淋漓，思绪万千！

人类就是奔着粮食一路走来的！人类和粮食既是朋友，又是仇敌！在那些粮食未被征服的漫长岁月里，人类踽踽前行，寻求着大地上的食物！当人们发现某些野生的种子能够填充饥腹的时候，那些当时显得稀有的种子就被疯狂地采集！但是，任人们怎么采集，也不能满足人类自身饱腹的需求。于是人们开始"圈养"那些种子，好让它们一颗变几颗，好让它们多到足以养活人类的成长！

从采集到播种，也许经过了数万年甚至更加漫长的岁月，直到在我记事的那些日子里，粮食的产量还是远远不够人们的需求！这样说吧，自从人类找到了粮食，直到我记事的时候，粮食仍然是被圈养但还是属于自然生长的阶段。虽然人们找到了使粮食加倍生长的肥料，但那些肥料也仍然是原生态的。比如烧的野灰，比如人畜的粪便等。这些有机的肥料，肥力有限，它们不能从根本上改变粮食的性质，那些粮食本质上还是数百万年甚至更早时候的那些野生植物的后代。它们没有变异！

朋友，你一定不知道野灰是什么吧！那是原始人类和大地较劲的方式，以为多一点儿肥料，就会多一点儿产量。可是，人类在烧野灰的事上彻底地输给了土地：因为自从学会了烧野灰，人们一大半的精力全都耗费到土地上了，再也直不起身来去干别的事了。秋收之后，赶着牲口去地里"踏灰"，如果没有牲口，那就只有人口了！那是踩实土地的一道程序，人们或者牲口在地里不停地转圈，用双脚或四蹄踏出一片相对坚实的地块。在秋后的土地只有踏出一片又一片，才能满足肥料的需求！当然，这只是整个"烧灰"这一农事活动的第一步。随后，要把踏好的"灰"挖成一块一块的土块，这叫"挖灰",土块要趁湿挖,干了就不好挖,所以,挖好的"灰"需要晾晒,这叫"晾灰"或者"晒灰",等"灰"干透了,要抬到一起,垒成内空的砖窑一样的东西,叫"抬灰"。抬灰是一项技术活,几乎是专家级的人们才能干得了的。如果说农民们个个都能踏灰都能挖灰,但很少有几个能够抬灰的。要么下面太实,点不着;要么下面太空,会塌了。灰抬好之后,要点燃,那时候普遍没有柴火,要用很少的燃料把整个大地里的"灰"全部点燃,让那些土块烧成真正的灰,那技术要比烧窑难多了,需要村里师太级的人物上场!可以说,生产队里明年粮食的产量,大多就要看这一烧了!灰烧成之后,整个烧灰活动也才刚刚经过一半。接下来,要把硬如砖瓦的那些土块打碎,打成粉末,这叫"打灰",打好之后,要背到大地各处,叫"背灰",背完了,要撒到地里,叫"撒灰"……这几乎就是农民们一个冬天的活。

这样一说,你一定会同意我的观点:烧野灰是人类对大地的输诚,对粮食的输诚!在我记事的日子里,父母们在那些天寒地冻、刮风飘雪的日子里,依然匍匐在大地深处,用一个叫"烧灰"的名词,做着土地的奴隶!

直到一种叫化肥的化学产品诞生,彻底地改变了粮食的命运,也改变了农民的命运!从那一刻起,粮食跟上了人类现代化的步伐。随着化肥的更新换代,粮食开始踏上疯狂之旅,再后来,随着粮食基因的改变,才名副其实地成为"狗日的粮食"!

在我刚刚记事的时候,每年的决算要进行大半个月。每天,只听到仓库院子里"噼里啪啦"的算盘珠子响声和识一点儿字的人们"某年某月,某某家出工三人,得工分15分,未出工一人,扣工分5分,借生产队粮食二斤,扣工分50分……"之类的高声唱工分的声音。半个月之后,决算结束,人们普遍分得几斤粮食。当然是无法过冬的,只有再向生产队里借粮食,只有再下定决心,明年好赖不请假,哪怕是病头灾脑,也要出去挣工分!

那时候,粮食是稀缺的、尊贵的,人们怀着对粮食的无限憧憬,但粮食却不顾人们最起码饱腹的需求,使得人们对粮食的爱里面含着丝丝恨意!

粮食,这种注定伴随人类终生的农作物,成为人们生命中不可或缺的食粮!成为人们拿不起又放不下的痛!

一旦粮食在人类的生命中定格,它就超越了单纯的物质食粮!在许多经典中,对粮食的记载其实都是精神方面的！在这些经典中，粮食不是自行成长的，粮食是经过无数天使不分昼夜的数月调教成长起来的：这就是我们在大地上所食用的粮食！

我们对粮食应该充满敬畏。我们取食我们必需的粮食，我们节约我们不需要的粮食！有位哲人说，两人的饭三人吃，是合适的！中医和现代科学从养生的角度也说明：饭吃七分饱，是最科学的！那才是我们对待粮食应该有的态度！明清之际的李渔在他的《闲情偶寄》里对饥饱也有七分之说："欲调饮食，先匀饥饱。大约饥至七分而得食，斯为酌中之度，先时则早，过时则迟。然七分之饥，亦当予以七分之饱……其为食也，宁失之少，勿犯于多。饥饱之度，不得过于七分是已。"

七分之说是造物主对整个宇宙的一般启示：听说地球上七分是水，三分是陆；人体中也是七分为水，三分为尘。因此，饭吃七分饱是最好的养生之道。现代人的好多疾病，就是从暴饮暴食上出现的。

孔子对吃简餐也有一种朴素的自然情感，他说"饭疏食饮水，曲肱而枕之，乐亦在其中矣"，因此，他对颜回大加赞扬，因为颜回"一箪食，一瓢饮，在陋巷。人不堪其忧，回也不改其乐"。简餐是人类的美德，是高人贤士毕生的追求！高洁的人吃他们该吃的食物，而绝不食用有辱于他们的食物，所谓"廉者不食嗟来之食"，所谓"不为五斗米折腰"是也！

从这个角度来说，"饕餮"是暴虐的，是令人厌恶的！暴饮暴食者几乎是每个时代、每个民族眼中的可憎者。"硕鼠"是可恶的，滚吧，无食我黍！无食我麦！无食我苗！因为硕鼠贪得无厌，不但食我之黍，食我之麦，甚至连我的苗都不放过，几乎到了杀鸡取卵的境地。从黍、麦到苗，一个贪得无厌者的形象在《诗经》中被勾勒出来！草原上的牧民讨厌田鼠，因为它们不光啃食牧草，还会咬断草根。

我们是在饥饿中成长的一代，对粮食的情感是既爱且恨。后来，尽管早就没有了忍饥挨饿的时候，睡梦中总还会隔三差五地梦见饿肚子。梦见快要开饭了，就是找不着饭票去打饭！好多次，我都是在破旧的床铺底下寻找那几张饭票中惊醒来的。也许这就是记忆的烙印！我知道，它就在我身体的某个部位。我奇怪任光阴飞逝，那些儿时的记忆是怎么也不会随着时光而淡化的，谁说时光能冲淡一切？

穷光阴

"光阴就像打墙的板,上下哩翻,催老了英俊的少年!"正如这句花儿所言,人生不过就是筑一堵墙,一堵属于自己的墙!那光阴就是上下翻转的打墙板。多少人倾其一生,筑成了一堵坚实的墙,把自己牢牢地固守在墙内,带着对粮食、对财富、对知识、对名誉、对权力以及对一切他们认为能够抓到手里的东西的觊觎的心,最终像一只只作茧自缚的蚕,在自己筑就的墙内死去。

他们的墙叫成功,他们曾经为此自豪,为此骄傲。

可是看啊,那些曾经的歌舞场,早就成为衰草枯杨的家园。谁是时间长河里的胜者?谁能永久地守住自己的那堵墙?纵有千年铁门槛,终是一个土馒头!百年之后,终归枯骨,并终化为尘埃。回首再望那些筑墙者,岂不是巴别塔前那些推着滚石向上的蝼蚁?

人们常说"由贫入奢易,由奢入贫难",李渔也说"贫民之饥可耐也,富民之饥不可耐也",富也好,穷也罢,光阴如常,不曾快走一分,也不会慢走一秒。但是李渔他们哪里知道,富光阴好过,穷日子那才一个难熬啊!

20世纪70年代末,在我刚刚上学的那些日子里,村子里大多数人家都还很穷。穷到用当地人的话说，就是"穷粘上了"！您能想象"粘上"是一个什么概念？食物粘锅是因为锅底没有一点儿油，有油的锅底就不会粘！听说肠粘连的人也是这样的。所以，穷得粘上，那真是一点儿油水都没有了！

那些日子里，家家户户每年都为孩子们五毛钱的学费而发愁。一到开学前的好几日，作为学生的我们也会莫名地感到恐惧和不安：我们常常为不能从大人手里要到学费而哭泣，有时候需要一连哭几天，大人们才会想办法找来一半块钱。有些人家的孩子哭也哭了，但最终还是没钱上学，早早地下地干活了。

三分钱两支的铅笔，常常是买不起的，更不要说本子什么的了。经常听到大人们的话："上个月刚买的铅笔，你又来要铅笔，我拿啥给你买？"本子是没有的，学校操场的空地就成了我们的练习本：每人画一块，找点儿树枝，趴在上面去写。生字也写，课文也抄，数学的计算题也往上面写。每天放学的时候，学生们一个个变成了土拨鼠。

那是三年级之前的事，我在村小的三年级里上了三年学，不是因为成绩上不去，而是村小里只有三个年级。三年级之后,需要到两公里之外公社的完小里去上学。村里上学的孩子没有几个,大一点儿的早成了家里的劳力,下地干活去了。我那时候十一二岁,按理说,也是该下地干活了,但由于从小多病,家里人没指望我在田里帮上他们。好赖在学校里混着,减去家里人的操心。

三年级之后,已经是20世纪80年代初了,虽然不至于连铅笔、本子都买不起了,但贫穷依然时常在掣我们的肘。村小里依然只有三个年级,比我低两级的一家兄弟俩也赶了上来。那是我们村少有的煤矿工人的俩儿子。煤矿工人是把命吊在裤腰带上过日子的,但是比起我们这些农民家庭,工人老大哥的地位和实力还是显而易见的:他们可是月月有工资的。相对于我们农民家,他们对培养孩子上学是更加上心的。

我在三年级里待了三年,家里已经不打算再让我去乡上上学。那个假期里,受工人家委托的老师,来劝我父亲,让我陪着工人家的两个孩子去乡上上学。

"娃娃学习这么好,要是现在就这么不上学了,有点儿可惜啊……再说了,那兄弟俩也需要有个伴,要不,上学路上,俩娃会害怕呀!"

后来我一直觉得,自己就像是《红楼梦》中陪着宝玉去学堂的李贵一样,是陪着公子哥去上学的陪客。虽然他们俩也没有公子哥那样的排场,但是和我比起来,哥俩背着正儿八经的书包,里边还有洋铁皮的铅笔盒!而我背的,还是母亲用各色花布缝的一个布包,当然也没有铅笔盒。里边时常装着半牙子青稞面干粮,那即是我的午餐!那俩的书包里,有时候还有饼干呢!

我们是自然吃不到一处的,每天中午,就各自解决中午饭。那时候,快到中午的时候,我有一种莫名的焦虑,听着第四节课的下课铃声格外刺耳,好像戳到心上一样。因为家远,我们中午是回不了家的。当地的孩子们都是回家吃饭,而我的午餐就是啃食那半块干粮!每天,我为怎么从书包里把那一块干粮拿出去而发愁。因为我不能背着书包出去,中午的时候,大家都不会背着书包的。那时候,我们自家缝制的衣裤上是没有兜的,我总不能把那块干粮攥在手里走出教室吧。我要让同学们知道,我和他们没什么不一样,我也一样地吃中午饭,可我不想让他们知道,我的中午饭是这样的。大多数同学好像有着默契一样,对我怎样吃饭装个不知道,但仍然有好事者,在走过我的课桌的时候,故意问我一声:

"你还不去吃中午饭吗?"那样的问候,会让我尴尬上好半天。

后来,读到路遥《平凡的世界》孙少平去学校食堂打饭的情景时,我感同身受,无语凝噎!我知道,如果没有对饥饿深刻的体验,如果没有对屈辱刻骨铭心的感受,路遥是写不出那样优美的文字的。我一直深信,在路遥心灵中,一定留下过饥饿的阴影,那个阴影有时候比他对死亡的厌恶还要可怕,正所谓"死亦我所恶,所恶有甚于死者,故患有所不避也"。所以,路遥是死也不顾了,他知道,生年有限,须得不顾昼夜、不顾死亡的威胁,去倾诉他对生命的感悟!用死亡去书写生命,那将是一个怎样的二律背反!在他那些"早晨从中午开始"的日子里,他晨昏颠倒,一日三餐都是暖水瓶里的稀粥。作为一个已经有名的作家,他完全可以过上正常人的生活,甚至过上上等人的生活。可是一个伟大的灵魂与那些投机者是不一样的。因为路遥知道,穷也好,富也罢,生命只是一遭!而书写下那些自己经历的岁月,要比一切都有意义!所以,他对死亡已经很坦然了,他对物质的追求也已经是很无所谓了!

没有"诗书簪缨之族",也不是"杨柳繁盛之地"。

我的故乡既无山水之秀，注定与"人杰地灵，钟灵毓秀"之类的溢美之词没有关系。荒山不长草，沟里不淌水。一口咸涩的苦井水，也有二三十丈之深，常常是一桶水，半桶泥。地理环境之差，无以言表。季节也是错乱的：这里的春天从夏天开始，这里的冬天从秋天开始。

也许是看多了父兄们"面朝黄土背朝天"的劳作，看多了农民们被绑在那一亩三分地上的无奈与无助，我从小决心好好学习，上大学，远离家乡。

小学的成绩还是比较理想的，我四五年级的数学老师从那时候就叫我"XX大学生"，"XX"是我们村庄的名字。在当地，我们村庄因为小而被人们反说成"XX省"。我的老师用我村庄的名字叫我大学生，实在是对我极大的鼓励！那种默默的鼓励，使我为中午干粮的焦虑有了一点儿说不上来的情愫，使我有一点儿想出人头地的冲动！那种鼓励伴我走到今天，使我在那些穷日子里没有迷失自己！

出门人和在家人

由于对贫贱的普遍感受，后来，当人们面对金钱的时候，其搂钱的手段几乎无所不用其极。人们在金钱面前做出许多低贱的姿态，令人忍俊不禁。

有人说，金钱不是万能的，可是没有金钱是万万不能的。但是有人日掷万金，有人却为了一个钢镚甘受奇耻大辱。金钱从来就不是一把尺子能够度量的。所以，也就没有真正意义上的富足。富足只能来自心灵！

马斯洛所总结的人类需求的五个层次，是一点儿也没错的。只有在填饱了肚腹之后，人们才会有其他方面的追求。20世纪80年代，人们普遍从饥饿里走了出来，一股追求金钱的强劲东风刮遍了中国大地。

那时，人们对金钱有着特别的爱好，就连好多歌也是唱金钱的，"是谁制造了钞票，你在世上称霸道！"这句歌词一语道尽人们在金钱面前的无奈和欲望！

对在土地里刨食惯了的农民来说，第一桶金还得到土地里去寻找。于是，在我身边，每年都是匆匆下种后赶着出门挣钱的人们！三十功名尘与土，八千里路云和月。虽然无功无名，但有的是尘与土，有的是云和月，有的是遥遥迢迢一把艰辛一把辛酸的路！

在我的记忆里，每年四月，父兄们急急忙忙地下种，然后赶着给房子上一次房泥。不上房泥的夏天，留在家

里的妇孺们要经受屋子漏雨的苦痛,而出门在外的父兄们更要经受心灵牵挂的熬煎。我二十年前的一首小诗就叫《四月的屋顶》:

> 四月的屋顶
> 一堆麻雀在等待着种子的疯长
> 父亲们啊,这四月的茅屋
> 该上一层房泥了
> 该用一层房泥迎接雨季
> ……
> 你们总躲在被窝里啜饮
> 一杯两杯的心事
> 父亲们
> 四月的房顶该上一层房泥了
> 你们的妻子也已经做好了怀孕的准备

那时候,没有任何能够联络的方式,因此,出门人一般一去就是半年,音信全无。每到要收割庄稼的时候,出门人才会三三两两地回来。当他们重新回到家门口,吆喝着卸下马车的时候,家里的小孩们几乎不敢上前相认：在他们黝黑的皮肤下面，几乎只剩一双眼睛！整个人好像也变了，有的是挣到了一点儿钱之后的大声大气，有的是没有挣到钱的低声下气。出门人见面的第一句话是"今年发大财了吧"，内中含着探寻，含着嫉妒，含着夸耀，含着许许多多极其复杂的情感！挣了一点儿的人们会说，"唉，知感，知感！"没挣到的人们也会说，"唉，知感，知感！"知感，是穆斯林们的口头语，意思是"感谢安拉"。一句知感，炫出多少自豪。一句知感，掩饰多少尴尬！

挣了一点儿的人，总也不说自己挣了钱，他们害怕别人借钱，害怕别人说"明年也把我们带上"。他们闪烁其词，有人甚至诉起所经历的坎坷与不公来。说什么一路多辛苦，连着换了好几个地方，除了消耗掉了自家带的粮食，什么也没有得到。你看这身上，留了多少伤痕。说着，还要撩起衣裤让人看。伤痕确实是有的，毕竟大半年时间在与地球较劲，在与水土较力！好多人水土不服，拉肚子拉成一根棍，还有人甚至连小命都搭上了。得来不易，资源有限，当然是不能张口就说的。

不管挣没挣到钱，出门人一回到家，就会下地看庄稼。在他们眼里，庄稼才是一年的依靠，出门挣钱，那只叫"搞副业"。庄稼是他们的定心丸,是他们一个夏天的牵挂,是他们第二年出门的资本。但庄稼人对自家的庄稼总是不满意,总觉得自家的庄稼长势没有别人家的好。农民们有一句俗语:"看庄稼,别人的好;看娃娃,个家的好。"出门人在庄稼地里一转,总要埋怨家里人:"你看,草就把庄稼吃掉哩呗!"其实他们也知道,家里人从他们出门之日起,除了阴天下雨,几乎都是趴在地头上,拔了头草拔二草,拣了中草分大草。与荒田厚土作斗争,与蒺藜、蒿草和燕麦作斗争。毕竟这些野生的作物,与那些驯养的庄稼比起来,生命力顽强得多。它们的根茎深入地下,无处不在。有一种叫"苦枝蔓"的藤类植物,是根连根的,几乎是无法除干净的!

高原之上,荒山深处,土地的薄瘠自不必说,不是水田的坡地,只能是靠天吃饭的。在作物成长的某些关键时刻,雨水的多寡,直接决定了粮食的长势,决定了产量:正在拔苗的时候,连日不下雨,禾苗会枯死;雨下多了,禾苗也会沤死。作物"吸面水"的当儿,不下雨,就吸不上面水,粮食就瘪了;雨下多了,水吸多了,粮食就芽了。粮食结果之后,要是不下雨,就赶不上劲,长不饱实;要是下多了,会得枯叶病,还可能倒穗,颗粒无收！

人类与粮食的这种关系相当微妙，多少人自以为粮食是被驯服了的，应该像人类的奴隶一样，被人类所左右。殊不知，在粮食面前，人类才是真正的奴隶。对粮食的伺候，那可是全天候的。什么积肥啦、翻地啦、除草啦、杀虫啦、灭鼠啦……从下种到收进仓库，没有一个环节是不操心的。即便收到仓库里，也要时刻关心有没有偷嘴的老鼠！总之吧，庄稼人有着操不完的心，谁说他们"日出而作，日落而息"悠闲自在，过着令人羡慕的生活？说这种话的人，一定不了解农民的辛苦，不知道他们晴天一身土，雨天一身泥。顶着太阳拔草，脑门儿一头油，月亮底下打碾，整个人都是睡梦颠倒，跌脚绊坎的！

所以，当有人说他们想做一个农民，过着悠闲自在、山水相依的生活，我觉得他们要么根本不懂农民，要么是在意淫一种生活的存在！就像好多人把桃花源当成无忧无虑的远方，岂不知世上没有桃花源，甚至没有远方！所有的"别人的"生活，都是隔了一层想象！雾里看花，花分外妖艳，一如醉眼看人一样！也许这就是人们不断想要出行，不断想要旅行的原因：总觉得寄托一丝期望的地方在远方，在那些自己不熟悉的地方。坐在陌生城市的公交车上，那些站名都会令人兴趣盎然。那时候，如果一旦你想象是坐在自己熟悉的公交车上，报出的站名是你再熟悉不过的地方，你会突然兴味索然。因为，你的想象到此为止，这里的每一个地方早就定格在你的心中。它们原来就是那样！

而那些庄稼人，无论是出门人，还是在家人，都在过着一种日子，那个日子叫熬煎！

远方就在心里

在这样一个"利"字当头的时代，人们的心中只有被神圣化了的金钱，被大众化和被镁光灯化了的极端物质消费思想。拜金主义已经不是一种思潮，而是渗透到人们骨髓里的生活方式。这是这个时代的通病，从中国到外国，从政府到人们认为神圣的宗教界，概莫能外。于是，人们的思想里只有"利"而没有"义"，"义"字早被"益"字取代，人们只看利益而不看义理。

这种世态的形成是诸多因素促成的一个非常复杂的糅合体，绝不是一两句话能够道得清说得明的，也绝不是一己力量就能改变得了的，我唯一能改变的就是自己，为自己寻求一方精神的净土。

反观人类历史，那些伟大的心灵，在认真探寻人类内心精神和物质之间更重要的那一条道路，在探寻人怎样才不会被物质的世界所淹没，怎样才能保住永不枯萎的精神源泉：一个人，只有点燃精神的火把，才不会被物质所燃烧，才不会被杂乱的大众意识所吞没。尤其是在这样一个唯物质是瞻的世界里，芸芸众生只见物质，不见精神。只知道背着房子、车子、位子爬行，无穷的物欲在逐渐啃噬着本该寄托精神世界的心灵家园，心灵的天空被物欲的世界所污染、吞没。心田里不长精神，只生物质！

是的，我们贪得无厌，我们想在短短的一生里功成名就，想在短短的一生里聚集无限的财富。我们除了自己贪得无厌外，还想造就官二代，还想造就富二代。我们想像秦始皇那样让自己的财富和地位传到万代呢！我们不顾白日和黑夜，肆意挥霍着短暂的生命，往自己的背篓里装进一个又一个包袱。

是的，我们到处旅游，用照相机和摄像机记录下一个个景点的名字（也不想想那些景点早在别人的照片和视频中被记录了）。我们拥有一堆又一堆的景点门票，可我们就是没有时间躺在午后的草地上看看白云，听听鸟叫，就是没有时间在午夜的旷野中看看星汉，想想在相对永恒的宇宙中，人是多么渺小的存在。因为我们要不断地去赶飞机、赶火车去下一个景点。我们没有丁点儿的时间来思考人生，我们却有很多的时间去思考怎样赚更多的钱。钱就像拉磨的驴子眼前那个装满饲料的口袋一样，对我们充满着无尽的诱惑。其实，驴子只是为了满足肚腹的需求，一旦饱足，便无奢望，而我们的欲壑却是一个永远也填不满的无底洞。

我们是忙碌的现代人，我们把一切都当作赚钱的工具，甚至就连自己也不例外。我们那么振振有词：人活着不就是为了满足自身的需求吗？

没错，我们是需要一些物质的东西来满足肉身的需求，可我们真的需要那样贪得无厌吗？想一想，我们只是自然之子，只是许许多多动物中的一个，我们并不是这个世界的最强者。我们有鱼儿那样善游吗？我们有鸟儿那样善飞吗？我们有猛兽那样强健的四肢呢，还是有它们那样锋利的牙齿？什么时候我们有了控制一切的欲望呢？我们筑起高高的楼房把自己关在里面，这样我们就比那些动物更聪明了吗？我们制造了坚船利炮犹嫌不足，还要制造核武器，从而使一次战争死亡人数达到最大化，这就比那些动物更高明吗？我们要充当世界的主宰，是谁给了我们充当世界主宰的权利呢？

有时候，我觉得我们只是一只只作茧自缚的蚕，我们用各种现代化的工具毁了自己的各种能力，甚至健康：我们用汽车毁了自己步行的能力，用电脑毁了自己思考的能力，用电话毁了交流感情的能力。我们用反季节蔬菜毁了四季，用化肥毁了土地。

还有什么我们没有毁坏的呢？

我们为了图安逸而毁了健康，我们为了图快而制造了太多的汽车，也没去想道路的承受能力，请相信我，终将有一天我们会堵在路上，就像那一只只吐出丝来自缚的蚕。

世界有其存在的方式、存在的意义，我们为什么追求世界的大一统呢？为什么想在早上睡眼蒙眬中就期望来自遥远世界的物质呢？一骑红尘妃子笑，我们非得要吃那个遥远地域的荔枝吗？我们想要四季都是恒温，想要消弭自然的造化，想要冬天的深夜也温暖如春，却不知大自然暗藏了许多不为人知的秘密，许多秘密是不该破解的，就像智慧树上的果子是不该品尝的，潘多拉的盒子是不该打开的。因为许多时候，我们可以发明，可以发现，却不能控制。有人已经重新排列了人类的基因，很有可能人类的黑洞即将被打开。相信我，毁了人类的可能只有人类自己！

我们真的需要用最朴素的思想让自己在各种欲望面前静下心来，去满足正当的欲望而摈弃超出我们需求的欲望。一只杯子就能满足的，就不要去奢望第二只杯子。如果你奢望了第二只杯子，你的下一个欲望就会膨胀出来：你也许还需要一个搁杯子的桌子或架子之类的东西呢！正是这样，如果食能果腹，干吗还要强求每一道菜的精细呢？殊不知，越是精细的食物越会破坏我们本该自然的身体系统。

梭罗独自带了一把斧子，身无分文地在瓦尔登湖畔生活了两年半，他发现人的需求其实是很低的，一旦你将自己的欲望膨胀，你就会太在意社会对你的看法，就会不断地把义字抛到脑后，而一心扎到利眼里无法自拔。

要知道，人是需要两条腿走路的，一条是物质的腿，另一条一定是精神的腿，如果两者不协调，那么这个人一定是残缺的!

　　有时候,我们只看到肢体上的残缺,却看不到心灵中的残缺,唉,那又是多么可悲啊!

　　其实,远方不在远方,远方就在心里,那是一颗富足的心灵!

马玉珍

外婆的金火盆
酸菜飘香的日子
话说青稞面

马玉珍,回族,七〇后,青海门源县人,出版散文集《悠悠墨香》,获青海省第六届青年文学奖、海北州文艺创作"优秀作者"称号、"金门源"文学艺术奖。作品收于多种文本。鲁迅文学院少数民族文学创作班第七届学员。参加第十届全国回族作家学者笔会。系中国少数民族学会会员,中国作家协会会员。

外婆的金火盆

对茶的记忆,大概从记事起,每天一早,晨曦微开之时,红铜火盆上砂罐里的茶水就会发出"噗——噗——噗——"满足而喜悦的声音,似乎有人低吟着一首舒缓的歌,或是一首催眠曲,我越发地沉入了梦的蛊惑里。在迷糊的间歇,我记住了茶的第一缕馨香。

醇厚的茶味在房间里缭绕弥漫,清真寺里的"邦克"穿破夜色清风,一声声飘进农家小院。外婆洗濯完毕,一身青色长衫跪在炕头礼起了早课,她溪水般吟哦的经文,与茶水的扑腾声,无疑是一首婉转悠扬的交响曲,在幽幽的梦境里淙峥,带我进入梦乡的深处。这时,晨岚蹁跹而来,在窗外徘徊。

我驾着梦的五色云彩,和伙伴们在巷子里追逐奔跑,直至脸上身上汗水涔涔。外婆一遍遍呼着我的小名——阿依舍，阿依舍……神游之中的我听到召唤，悠悠地回转到炕头。离我一步之遥的火盆，小火苗揎掇在一起，不时爆出一连串的小火星，像我那些爱使坏的伙伴，嗯嗯地对着我的脑袋挤眉弄眼，我想不冒汗都不成。

每天一早，外婆最先忙活的事，就是倒腾那红铜的火盆，它可是外婆的陪嫁品之一。外婆的娘家是大户，陪的东西不少，可是，大多在岁月的长河里涤荡没了。在漫长的年月里这只火盆忠实地履行着它的职责，每天一早用一张红艳艳的笑脸给了外婆温暖的回味。

炭火上坐着一黑眉糊眼的砂罐，茶水在边上扑哧，荡起一层一层的细浪，不时浮起潜到炭火上，呛起一股子烟与茶混合了的味道，那味道于我有一种说不上来的好闻。

因了茶水的浮腾，再冷的天，屋子里也是温暖的。对于贪睡的我，外婆极有耐心，茶香在屋子里弥漫时，外婆换了一种方式呼我，阿依舍，快起来，清茶开了。外婆只有母亲一个女儿，对我这个长孙女，更是呵护。我早晓得茶开了，只是留恋着热被窝，小狗一样蜷着不愿挪下窝。满屋子都是茶的味道，那味道，至今忆起，还是那么够味，淡淡的浓浓的，一丝丝一缕缕。

每天早上的情景大致都是一样的,火盆边是年过花甲的外婆,在一张小木凳上,黑色盖头,过膝的玄色礼拜服,一张黄白色沉静安然的脸;裤腿扎着裹脚布,三寸金莲上是一双黑平纹布鞋,朴素恬淡,洁净利落。外婆垂着眼睑,神情肃穆,一手端着茶碗,一手握着火箸有一下没一下地使呼着炭火,不时抬臂啜一口茶。此刻,她礼完了早课,在等去清真寺做礼拜的外公回来。窗外浓墨般的黝黑在天幕间洇染开,隐隐的靛青色一点点透亮鲜活。

巷子里脚步声沉沉的,大踏步而来,一步一步很笃定,不用仔细听,我隔着被子也晓得是外公回来了——是他那双敦厚的大脚板踩踏出来的。短促的咳声也由远及近,越过院墙一声声钻进屋来。旋即,院门"吱呀"一响,外公的咳嗽声带着挥不去的寒意,推门进屋来。

外公一进门,就会搓着手,直喊冷,尤其隆冬腊月时节,口里哈着气,抹下毛茸茸的狗皮帽,两手揉搓着双耳,眉毛、眼睫毛沾了白霜,眼睛有点儿睁不开,使劲眨巴着;鼻子绯红,鼻尖上湿漉漉的。

这时,外婆起身,笑盈盈望眼外公,从碗柜里取一只白瓷蓝花的茶碗,给露了一层寒霜、披了一身冷月的外公急忙递上一碗热腾腾的清茶。两人围着火盆落座,咻咻地喝茶，高一声低一声地扯着闲话。

睡意随着窗外的亮色徐徐褪去，外婆外公俩人的喝茶声，短一声长一声，尤其刚进门的外公会猛喝一阵后长长地吁一口气，显得很是自在舒适。这时的他通常会把对襟棉衣上的襻扣一一解开，敞开怀来。我知道这时的他红光满面，忙碌着夹炭，添水，找茶叶，寻青盐，通常惯例是早晨礼拜后第一口要喝碗清茶，然后再炖罐奶茶，正经吃早茶。

他们琐琐碎碎的举动，有一搭没一搭的话语，对我有莫名的诱惑，我再不能装模作样了，一脚蹬去被子，伸俩懒腰，一骨碌爬起来，脸也来不及洗，趿着鞋，嚷着要喝茶，要放上白砂糖，还要挖两勺巴布盒里的熟面，搅拌在一起喝。在外公外婆的呵护下，我可是娇蛮得很呐。

我们仨人围着火盆，外婆捏一柄白铜勺往砂罐里舀牛奶，外公手握一疙瘩浅黄色的酥油，用一把黄铜刀柄的小刀削，每人碗里薄薄的一块，不多也不少，均匀得很。冲了茶水，淡黄色的酥油泡沫般化开，浮在茶面上，香味袅袅，钻入鼻翼。我便抽动着鼻子，像小狗一样凑上去。

我也不是什么都不干，我在火盆沿上烤馒头片，仔细着翻烤成寸黄。稍稍一大意，色就过了头，烤焦了不说还给浪费了，我不得不赔着小心。外公是机关灶上的炊事员，白面的馒头隔三差五就给家里带几个来。家里常食青稞面的粗粮，细粮总是将惜着。三张脸被火映得通红，身上热乎乎的。窗外的夜幕在我们喝早茶时已悄然落下，青白色的晨光含蓄拘谨，在窗外悄无声息地悄悄升起来。清晨早起的麻雀没一下安宁，孩子气十足，在树枝上跳上跃下，那情形是翘首等待着曙光的来临，且迫不及待。

外公脱去棉衣，他头上一顶无檐白帽，白衬衫、青夹夹，老了的外公，看上去还是那么俊朗干散。外公长相威严，浓眉大眼，一脸圈脸胡宛如关公的美髯，很气派，是典型的西北回族老汉形象。

很多时候，围着火盆的日子大多是初春、深秋、隆冬时节。很多个早晨下着雪，我们西北地界除了夏天外，其余季节下雪也并不偶然。屋外的冷清气儿直往屋里钻，冷风从窗棂的缝隙里、墙缝里无孔不入。这时，外婆会把火盆烧得旺旺的，上面笼上不少的煤炭，将屋子烧暖和。砂罐里的茶水更是起伏得起劲，等着外公的到来。

窗外，雪花"沙沙"地落，小风儿打着旋，而屋里有火盆，温暖如春，是很舒适的，心境很恬然。

外婆去院子里扫雪，她俯着身子，将雪堆到一边，小路上红色的砖露了出来,一块块重见天日。因雪裹去了土粒,一块块砖比平日鲜艳夺目,刚铺上去一般。不过没过多久,上面又有新雪苫了上去,单薄的雪,纱一样轻柔,一片片缓缓地落下去,一副温柔的小心翼翼的样子,似乎怕扰了地面的清静,不多时又薄薄地给敷上了一层。外婆进屋忙活,雪渐渐厚实,砖的形状还在,棱角浅浅的,渐渐模棱两可,过会儿,被雪遮掩了,雪粒晶亮晶亮,毛茸茸的,闪闪烁烁。外公回来了,推门进来,脚印拓在雪地上,一个是一个,清晰瓷实。人进屋片刻,再瞅,脚印渐渐模糊,过会儿就遁了形。

一般每星期的主麻日,外公惯例要聆听一会儿阿訇讲的"瓦儿兹",回来得迟些,无事后的外婆会一再抻长脖子朝窗外张望,然后又漫不经心地坐下来,继续啜她的茶。看天亮了,外婆从外间的麻袋里搂几个洋芋进屋来,在火盆边沿搁上,过会儿给翻个身,不多时,洋芋的香味就窜出来,在屋子里弥漫开了。

此时外公回来,啜几口茶后,就会忙忙地捧一个洋芋在手上,两手倒腾着,嘴里"吁吁哦哦"愉快地吹着,稍会儿轻轻地咬一口,热气窜出来,袅袅的,看着就香。我小猫一样溜下炕,窜到外公身边,觍着脸等着他剥了洋芋皮，疼爱地捏捏我的鼻子，再递给我。

喝完了酥油茶，啃了两个烤洋芋，我穿得厚厚实实的，跟外公去扫雪，去房顶上、院子里、院门外扫。雪要是厚，用木锨铲到架子车上，拉到院门前的自留地里。风东一下西一下刮着，瑟瑟的，手冻麻了，脚冻麻了，一次次夹着两手跑进屋里，蹲在火盆边将手举得老高，烤暖和了，又出去继续扫。

扫完了雪，上炕暖着。看太阳露出脸来，待不住，就溜出去玩，和伙伴们打雪仗、堆雪人。不管天气如何寒冷，因为有外婆的红铜火盆，我就不怕冷，在巷子里和伙伴们玩时间长了，身上冰了，就跑进屋，围着火盆一坐，身上就热了。有时脚底板冰冷得要命，就搁在盆沿上，一会儿就热乎了。一次大意，把母亲做的鸡窝鞋鞋尖给烧了个洞，让母亲呵斥了好些天。

母亲和外婆住得近，母亲早使上圆盘铁炉子了，一再怂恿外婆换了火盆。奚落道都什么年代了，现在哪儿有人家用火盆的！那目光看看火盆，又望一眼熏成黑黄色的天花板，眼神里明显存几分嫌弃。

母亲辈上用的是铁皮炉子，烧火做饭蒸馍都行，火盆只能烧砂罐茶，除了烤洋芋烤馍馍外，就没多大的用途，烧饭烙馍还得上伙房。炉子省事多了，也不会有烟雾东窜西窜的，天花板新糊上去的报纸也就素净着。

外婆宽容地笑笑，并不理会。母亲看外婆不动心，叹息一声，说那我找时间给你背炭去。生产队里不忙了，母亲抽个空，就扛了背篼去河滩那边烧炭的地儿。来去赶着得一个多小时。母亲扛了背篼出门后，外婆早早就把茶烧好了，撒进少许草果粉、姜粉，滚沸了挪到盆沿边煨着，等母亲回来了，娘儿俩围着火盆一碗又一碗，喝得实在过瘾。

炭堆在屋檐下一柳筐里，看浅下去了，母亲就会记着给背满。外婆只有母亲一个女儿，啥事就指她了。

外婆的火盆是纯铜的，黄澄澄的，耀着暗红，如果不是在地上引着火，摆在架子上，绝对贵气大方。邻居们也曾有人夸赞，说是上等货，一看就是富人家用的，不能和铁的、瓷的比，要是换青油，能换五六十斤，白面能换两三袋子呢。语气里很是羡慕。

听母亲说，20世纪60年代日子过到最艰难的时候，外婆也没舍得拿这火盆换食物果腹。有贩子看上这火盆，三五次上门来，外婆愣是没松口。

火盆笼火时间长了，底部灰烬粘连，积了一层焦炭。夏日的某一天，外婆在屋檐下，会用细砂石打磨厚厚的盆底,不多时,便露出盆底锃亮的真面貌来。外婆很用心,一个下午都用在它身上,周身被擦拭得净亮,通体发出幽幽的光。

火盆黄灿灿的侧面线刻着几株郁郁纤纤的兰草,只是那份典雅的风情因烟熏火烤打了折扣。火盆在外婆手里转着圈,我盯着那几棵疏疏落落的花草,觉得这只火盆又好看又耐用,很喜欢它。

我小不点儿的时候,外婆外公哄我说火盆是金子做的,并用火钳在盆沿上磕,发出"铛铛铛"清脆的声响,说:"听,金子就是这个声音。"我一度信以为真,还不知高低地在伙伴面前炫耀。现在想来,真是可笑得很,也蛮是天真可爱。长大了点儿,明了事理,又反问外婆:"金子的火盆呢?"外婆就搪塞我,说:"有人趁我们睡着时,偷偷把金火盆倒换了。"

大人总是这样拿这拿那哄小孩子,也是在哄自己开心,不管日子多么艰难,逗着乐一乐,生活就充满了欢笑,也许就是所谓的穷开心,慰藉一下日常庸俗生活中的苦闷。

外公外婆也大概奢想着火盆要是金子做的就好了,外公退休后忖度着做点儿小生意,没本钱,就涎着脸去亲戚家借,东家进西家出的,去谁家都要讲一通好话才多多少少借回来点儿。回来后直叹息,说这世上最难的事就是借钱。

外公和外婆都是命运多舛的人,外公有两位前妻,第一位结婚两三年年纪轻轻殁了,丢下一个孩子;第二位半中央过不到一块离了。外婆也是,有两位前夫,前一婚是童养媳,解放后工作组做主让外婆回了娘家,那时外婆不过十七八岁,后再婚,过了二十年的平静生活。60年代,丈夫被牵涉进一件冤案,自刎了。那时,我母亲成人并有了我哥,一家人本过得幸福美满。世事难料,这其中的艰辛困顿岂是笔墨能一言道尽的。有时礼拜中跪拜的外婆断断续续的抽泣声提醒着我,她又钻进以往的日子里了。我默默地听着,悲伤风儿一样吹进我小小的心里,让一边假寐的我不再轻松无虞。

外公带过来的男孩,我唯一的舅舅不上路,外公外婆跟着操心不少。成人后给他娶了亲,又为他批庄廓院安家,费了不少心。但他一点儿也不顾家,生性懒散,数次偷窃进了监狱,外公为此贴补不少,为他借了不少债。这是生活中的一道疤,就像衣服上的破洞,总揣摩着打补丁遮蔽,让它不显气,可它总在那儿显摆着,惹人眼目,提醒着什么。细细思量,其实很多个日子,外公外婆和许多夫妻一样,并不都是天天开心着的,而是紧锁着眉头,熬着日子。

对外公外婆、父母来说，火盆是一段难忘岁月的见证，陪伴他们走过了多少艰辛困苦的日子。对我来说，火盆是过往岁月中一段温暖的记忆，它就像外公外婆给我的爱一样给了我别样的温暖。那段时光很珍贵。跟火盆在一起的时光，也不是太长，也许就那么四五年时间，后来，因为时代的变迁，火盆这个带点儿20世纪遗物风味的火具迅速地从人们眼里消失了。

因为外婆的固执，我跟着外婆享用了几年的火盆，直到外婆去世。外婆殁了后，火盆被晾在了一边，灰烬倒在了院子里，没上几天被风刮了个一干二净。屋里，搁它的地方空落落的，它被拾掇到什么地方了，我不晓得。屋子里曾有的温馨似乎被外婆带走了，一下子消失得无影无踪。外婆走了，我被母亲接回了家。外公执意回了老家，那边有他的兄妹及侄子。

多年后的一天，日子河水般流走了很多个，长大了的我端详着母亲养的花，在花园的矮土墙上，一盆疏落的宛如麻莲花叶的花引起了我的兴致，它开着素洁单薄碎小的蓝花，似曾相识。母亲看我注视，介绍说这是兰草。脑海里一番搜索后，我便忆起了外婆的红铜火盆，外婆也曾讲那火盆上的花叫兰草的。

"外婆走后,那只火盆呢?"我询问母亲。母亲叹息一声,说:"你舅舅早倒腾掉了,他惦记那火盆已不是一天两天了。"陪了外婆一生的火盆,在这个家里温暖了每一个人,母亲、舅舅、我,还有弟妹们,最终像外公外婆一样从我们的生活里消失了,被时间的履带决绝地带走了。

提念起火盆,思慕起外公外婆宠我的一些情形,一个个充满诗意的日子便清晰如昨。雪花纷纷地落,一个蓬着乱糟糟头发的女孩子一心望着窗外发呆;外婆侧耳听着院门响,静静地等着外公;火盆在地脚上闪烁着火星,茶在砂罐里热腾腾的。

一幕幕重现,滋味绵长,久久地挥不去。那段岁月静好的日子如今忆来多么让人怀念啊!外婆的茶一样让人回味不已。

一日读一篇关于茶的文章,心怀里满满的是过往。火盆及沸腾的茶水浮在我的面前,片刻的癔症后,从瓷器的茶罐里摄一撮龙井,沏了杯茶,茶叶如花蕾般徐徐展开,清亮的水顷刻成了绿晶晶一泓碧绿的潭水。

抿茶的工夫,我眼前闪耀着外婆烧茶的情景,火盆内明明暗暗的火似乎还在某处闪烁,火盆耀着明亮的光,似乎无言地诠释着它就是一只金火盆。在冗长的日子,犹如黝黑的夜里，那远去的火盆星星般闪耀着独特的光泽，在我心里，在我记忆的长河里，它就是一只金火盆，静静飘浮在某个地方，亲切地看着我。

酸菜飘香的日子

每年的秋天，小镇上的大白菜就有点儿泛滥成灾的局面。这些大白菜是从甘肃张掖运过来的。我背着书包走在放学路上，看一车一车的大白菜一袋袋卸在街头，小山一样摞起来——真担心一场霜气会把这些大白菜给冻蔫了，要成了那样子，谁要啊，这么多的大白菜？

母亲喊叫着我们兄妹俩推着架子车，去街头挂大白菜。不叫买，叫挂，意思买得多，比单另买要便宜些。大白菜过了秤，我们推着一架子车的大白菜，在自行车、架子车、手扶拖拉机的中间，拐着弯儿挤出来。

白菜叶子踩在脚底下，稀烂了，磨磨叽叽地沾在鞋上送了我们一路。街道两旁青杨树上的叶子飘落下来，一片片的金黄色，带着秋意的惆怅从头顶飞过。三三两两落在架子车的白菜撂上，将一份秋天的苍凉与饱满抒写得充实。

过了一星期，巷道里喧哗着。母亲回来说，邻居家去买大白菜，街上大白菜卖光了，据说路上下了场雪，运不过来了。我出去玩，听到邻家的阿娘在扯闲，一个阿娘唉声叹气道：没挂来大白菜，酸菜腌不上，这一冬天，可怎么过呀！是啊，到了冬天，冰天荒地的，饭里没有点儿菜叶子帮衬，那饭白不拉叽的，一冬天的日子可就惨了。

一冬天饭里调的蔬菜，每家的主妇是提前准备着的，就像地里的老鼠，在庄稼成熟时，也是拼了命往洞里储藏食物，小小动物都惦记着一冬天的日子，何况人乎？那挂白菜也就十多天的时间，下了场小雪，天一变脸，菜就运不过来。有人吊儿郎当地说，张掖的大白菜多得去了。一副不急不慌的样子。说话的工夫，谁知一晚上的光阴大白菜就从街头消失了，连烂菜叶也被惦记着喂鸡喂鸭的收拾了个干净。这不急不忙的慌了阵脚，满街头乱转，寻那卖大白菜的。

母亲起萝卜时，将萝卜的叶子衔接着辫成麻花辫，比巷子里大姑娘的辫子还要长，一串串挂在屋檐下，时间一长，就成了灰突突的干菜叶。还有母亲劳动时顺手从地边揪的野葱花，捆扎了几把，也在屋檐下挂着。再腌了这大白菜，这一冬天，做饭是不愁了。

主妇愁吃的。看到洋芋萝卜下窖了，大白菜也挂回来了，母亲就显得气定神闲了。

母亲把大白菜个个切成四瓣，倒了两大盆子温水，又喊叫着我们帮她洗菜。在水里抓了一上午，累得我直不起腰，我叫嚷着：我的腰好痛。母亲说：癞蛤蟆没膘，娃娃家没腰。说着就要撩我的衣襟摸我的腰——说看看我家丫头的腰，摸得我"咯咯"直笑，跳起来跑老远。惊得院子里找食的鸡，抻长了脖子"咕咕咕"地叫着，院门口耷拉着脑袋想心事的老狗也应着"汪汪"了几声。

一架子车的大白菜洗得干干净净，摆放在炕桌上，码得整整齐齐。菜叶子是绿的，菜心是嫩黄的，菜帮子是白的。母亲说甘肃张掖的大白菜就是好，包得紧实，里面干净，没有虫子，重要的是味道好。

我家院子里也种着几棵大白菜，可和张掖的大白菜比，就好似东施效颦。这大白菜松松散散的，成了菜虫的乐园，菜叶子被咬得伤痕累累，菜虫肥肥的身子爬在上面，懒洋洋地晒着太阳。倒是鸡察觉了有这等美味，不时地在菜地里巡逻，脖子灵敏地转动着。我想母亲打心眼里就没想要用它们来腌酸菜，母亲把它们摘下来剁碎，拌了麸子，犒劳院子里下蛋的鸡了。

下午放学，母亲要我和哥哥去河滩找石头，压菜用。我说，去年的不是在院子角落里吗？母亲说，用不成了，让狗浇了尿。不得已，我和哥推了自行车到河滩去寻石头。在河滩转来转去，河滩里有的是石头，可要找扁的、圆的,也不易。满镇子的人家都到河滩找石头，又不去远处，都在近处找，留下一个个的沙窝。我们连玩带找挑了几块青色的石头，抬到河边冲洗干净，用自行车捎回家。

母亲正忙着用茶窝舂花椒面，舂青盐。青盐好似灰蒙蒙的小石子，花椒也是买卖人来家门口时买下的，红艳艳的。母亲让我们剥蒜，剥得我手指甲缝里像伤口撒了盐一样疼。

母亲倒是不慌不忙，舂碎了花椒面，舂碎了青盐，剁碎了大蒜，这腌酸菜的料备齐了。你看，黑红色的花椒面、青白色的盐、白白的大蒜，还有红艳艳的辣椒面，盛在一个个大碗里。一切准备就绪，酸菜缸也被母亲拾掇得干净。

母亲在缸底铺了一层白菜帮子，抓起一把盐，均匀地洒上，又抓起一把花椒，均匀地洒上，又抓一把辣椒，又抓一把大蒜，又放一层白菜帮子。忙活了一阵，炕桌上的菜摞子降低了高度，缸里的菜冒出尖。母亲小心地抬起石头压上去，这腌酸菜算是告一段落。

过了一两天，缸里的菜陷下去了，母亲又补了几回，炕桌上的白菜没了，缸里的酸菜被压瓷了。母亲压了缸盖，封严实，静静地等待冬天的来临。

已是深秋了，菜院子里还有几棵油菜、几棵菠菜和不多的芫荽，也在半黄半绿中挣扎着，将就着还能烧几顿黑饭。过了些时日，树上的叶子落得寂寥，赖在树上的几片黑不溜秋的，飒飒地打着摆，麻雀的声音也小了，不太吵闹了。

一天早上，一场寒霜来临，菜院子里那几棵可怜的菜被冻得硬邦邦，中午，太阳照得温暖，菜抽了筋似的成了一摊烂泥。

所幸还有几棵大白菜，将就着过了一个月，母亲说酸菜该熟了。每天从屋子里进进出出的，屋角酸菜缸散发出的香味越来越浓，那股味儿诱惑我多日了，就等着母亲发话。揭开缸盖，搬开石头，捞一棵上来，麻辣酸脆，香气冲天，透入五脏六腑。情不可待，自是大快朵颐，安抚安抚渴望了多日的肠胃。

酸菜讲究个气温，总在零下几度里泡着，才泡出酸菜独有的味道。每次捞酸菜，冰疙瘩缠着酸菜，捞上来手都冻僵硬了。将切碎的酸菜放进做好的饭里，或上面泼点热油，就着饭吃。一冬天，除了窖里的洋芋、萝卜，这绿色食物只有屋檐下的干菜、葱花，主要的是这酸菜了。碗柜里常备有一碟酸菜，饿了，饭点儿还早，馍馍就酸菜，也能垫补垫补。

青海人做饭叫烧汤。母亲烧汤时，擀了青稞面的面叶子，汤里调了洋芋萝卜，还有温水泡软的干菜，再揪几颗葱花用清油炝了，滚进汤里，就有滋有味了，再加上酸菜，也算是色香味俱全了。

每年跟着母亲去挂菜，然后洗菜腌菜，也有十多年的时光，后来有了自己的小家，腌酸菜的活母亲指望不上我，但有嫂子帮着她，我也就安心了。每次到母亲家蹭饭，临走，母亲都要捞几朵酸菜让我带上，母亲知道我喜欢吃酸菜。

我喜欢做酸菜炒粉条，就着米饭吃。或是买一条鱼，滚了汤，放进酸菜，这酸菜鱼的味道，真是一道美味佳肴。一次，在单位，到下午班，我带了饭，在车间暖气管上烤热，大家伙凑在一起吃。我打开饭盒盖，不想，大家伙都闻到我的饭香，筷子勺子齐下来，抢我的酸菜炒粉条吃，那场面真紧张。后来,同事到我家,没别的招待,但一碟子酸菜炒粉条是钦点了的,不能推辞。同事喊:"小马,多炒上点儿,多炒上点儿啊!"我就把家里有的全炒上,大家一起解馋。

后来,母亲在她的本命年走了,但酸菜还是每年都腌的,是嫂子接续了这份工作。虽说,街上有几家蔬菜门市部,但冬天,菜较贵,这腌了酸菜,隔三差五调饭,也是不错的。前年,嫂子说,两个孩子嘴尖,不吃酸菜,要是调在饭里,连饭也不吃。好好的一缸酸菜没吃完,到夏天馊了,倒是孝敬了邻居家的老牛。

我在心里可惜着,我也是隔三差五吃点儿,这酸菜属性阴寒,吃多了,胃里不好受。而且嫂子腌的酸菜也许是料下得不足,比母亲的酸菜味淡,只有酸味,我吃惯了母亲的酸菜,就有些挑剔嫂子腌的酸菜了。嫂子说,这酸菜他们都不喜欢吃,就不腌了。

我说你不腌,我就腌一小缸。其实这个念头有好长时间了,只因为有现成的吃,懒得动手。到街上挑选回来一个小缸,又买来10朵大白菜,学母亲的样子,洗净了,控了两天的水。花椒面、盐、大蒜、辣椒面,准备停当,一个太阳高照的中午,用不多的时辰就腌好了,挪放在门口,就等着过上一月半月开吃。

过了一个多月,肚子里的馋虫提醒着酸菜该好了。满心期待地掀开缸盖子,菜水上泛着一层白沫,一股难闻的味道,直冲鼻翼。用手拨弄了下菜,菜坏了个一塌糊涂,可惜了我的好心情。

不知哪个环节出的毛病,我寻思再三是控水这环节出的问题,我洗了菜放在玻璃封闭内,因没有空气流动,菜里的水分还是有的,母亲把菜放在屋檐下,水分就跑光了。

第二年,再没了腌酸菜的心情,街头大白菜还是卖的,不过一点儿不紧张,也没见用架子车推或是自行车来捎的。做蔬菜生意的张掖人在这里开的蔬菜门市部越来越多,小区门口就有好几家。

主妇看谁家的菜新鲜买谁家的,菜样数多,四个季节的都有,价钱也不贵。调饭的菜有油菜、菠菜,绿油油的,谁还腌酸菜呀。想来酸菜多年以前是高原小镇上百姓人家饭桌上的主角,但随着生活水平的提高,被冬季暖棚里的蔬菜取代,从饭桌上淘汰了。

洋芋萝卜的酸菜饭就跟劳动人民一样,盛在粗瓷大碗里,粗糙而又朴实。那种日子是父辈们苦日子里调出的美味,因有浓浓的亲情包裹,更多地包涵了一种远去的情怀。

现在日子的丰盛，是不言而喻的。吃得精细了，样数也多，主饭有羊肉面片、炸酱面、拉条子、臊子面、炒面片……就看主妇巧不巧，爱不爱动手了。

不过去下馆子，尤其农家院里，还是有人们喜欢的酸菜炒粉条这道菜，虽平日里吃不到酸菜，但偶尔能解解馋也是挺不错的。看到热乎乎的酸菜炒粉条端上桌，闻着那味儿，就不由想起母亲腌制的酸菜来。

无疑，母亲亲手腌的酸菜是最香的！那味儿，足以让我用一生来品味！

话说青稞面

早些年，门源川一天三顿饭里，晚饭的汤是最重要的。这汤是萝卜、洋芋、油菜在汤水里滚熟了，再下青稞面擀的面叶子。这青稞面脆，下到锅里，汤糊了，汤也稠了，汤水还发着黑，这就是门源川老百姓每天必不可少的黑饭。

庄稼人，干一天农活，就指望晚饭时的一顿汤，稀里哗啦喝上两三碗，肚子才感觉实实在在地饱了。

现在满街的面铺，要精的有精的，要白的有白的。可是，在我小的时候，除了这青稞面，就是这青稞面。

母亲想法子让这青稞面做出的汤有个好味道，每天晚上换个新花样，没少花心思。一晚上擀长面，一晚上擀旗花，一晚上擀寸寸，一晚上用这青稞面擀饺子皮做饺子吃。这青稞面没有面筋，揉起来就像一摊稀泥，做别的还行，做青稞面的长面，就有难度了。说来也奇怪，在自然界中，一物是克着一物的，这青稞面也不例外。在甘肃地界产一种叫黄茅籽的食物，用黄茅籽调在青稞面里，青稞面立马就有了面筋，精神抖擞起来，长索索的青稞长面就擀成了。

家在农村的主妇，邻居或是家人去上街，一样东西是吩咐了再吩咐、不能忘记的，就是擀长面的黄茅籽。家里来了客人，忙忙地擀一顿长面，没有了这黄茅籽，再巧的主妇立马没了主意。

这家里来了亲戚，没什么好招待的，来个鸡蛋炒粉条，再烙上个叫扫鸡毛的薄饼子，就等着吃一顿青稞面的长面了。这青稞面加上黄茅籽人人能做，但要擀得薄，切得细，捞出来滑溜溜的，也不是每个主妇能做到的，这就要看主妇做茶饭的本事了。这长面吃的时候,要配上洋芋臊子,还有熟青油炝的葱花、大蒜末,再调上醋、盐、红辣油。唉,那味道,想起来馋死个人哩。

这长面在门源川百姓人家的饭食里算是一等一的好吃的,家里来了亲戚,不擀一顿长面是过意不去的。擀了一顿长面招待来客,算是把人当人了。这当人,当地话是很上心的意思。这长面有个孪生姐妹,叫搓鱼。把青稞面团切成小布点,然后在掌心搓,搓成一尺长的细圆条就成了。

没搓过这搓鱼的人,搓一条在手心里,它是左右不听话。但看那常年做惯这活的主妇,两只手在案板上滚动,一只手下有三四条,这条条鱼娃一样的细圆条,排列有序,在手掌的搓动中越来越细,长的有两尺多,短些的也有一尺长。

搓搓鱼的这功夫可不是一天两天练成的,这是回族阿娘们在长年累月的日子里练就的一道绝活。小女孩时候,就踮着脚在案板前跟着阿妈学了,长大了自然就成了搓搓鱼的高手。这搓鱼,可以说是把青稞面做到了极致,因而它也比长面身价要高,档次要高。因为做起来慢,纯手工完成,要费些时间。时间宽裕了,就搓上两把,给贵客吃;时间紧了,就擀成长面了。这来做客的也不在乎是长面还是搓鱼，有其中一样，就很满足了。

不过现在的农村人也不常吃这俗称杂面的青稞面了。这青稞面又黑又没面筋，天年不好的一年，叫天旱了，或是叫冰雹打了，这青稞穗儿没长足，成了秕青稞，磨的面就成了芽面。用这面做馍馍吃在嘴里，往往套在牙齿上下不来，很黏，这滋味上了年岁的门源人都是尝过的。这青稞面祖祖辈辈吃，早吃烦了，吃厌了。当年，没有条件吃白面，没办法，现在条件好了，三顿三上的白面馍馍白面擀的汤，都说这白面的味道好，面也劲道。

你就是到满地满坡种青稞的农村人家做客，茶倒上了，馍馍端上来，不是烙的就是蒸的白面馍馍，这青稞面做的馍馍是很少吃的。烙青稞面的馍馍要到锅头上拉着风匣去烙，爱干净的媳妇们最怕烟熏火燎的灶火了。不过，有贵客来，或是城里亲戚来拜访，憨厚的农村人知道城里人好这口，忙忙地在厨房擀起长面来，让来客吃一顿正正宗宗的农家饭才让离开。

近年来因旅游业的兴起，这门源川里的农家院应运而生，左一家、右一家，生意很是兴隆。不管是外地的游客，还是当地的食者，吃过了几道菜，最主要的是来这农家院吃一顿青稞面做的饭。厨房里长索索的长面和搓鱼都准备好了，还有青稞面擀的杂面汤，就看你想吃哪一种了。

这青稞面是杂粮，是粗粮，现在人吃得精细，没有粗粮的调解，得的病多了，据说隔三差五吃顿青稞面，对身体是非常有好处的。也许是这些原因，青稞面也水涨船高，也不是以前的价了，比白面还金贵，节节攀升。

婆家在农村，到婆家，最上心的就是吃一顿杂面汤了。每年的七八月，是吃杂面汤最好的时节。你看，菜院子里的萝卜半截白胖的身子露了出来，洋芋的垅上绽开了左一道右一道的口子，口子里的洋芋像一个个胖娃娃。而那些油菜、菠菜、芫荽、蒜苗、葱，也在各自的领地里有模有样地长着。有这些地里长得绿油油、嫩汪汪的蔬菜，这做出来的杂面汤岂不是更诱人？

婆婆擀了一大盘的面叶子，我拔了萝卜，刨了洋芋，摘了油菜、葱、芫荽、蒜苗。婆媳俩忙活了一阵子，一顿香味十足的杂面汤就滚在炉火上了。一家人，端着碗在屋檐下、台阶上，左一个、右一个，喝得稀里哗啦，让肠胃美美满足了一回。

现在生活好了，这青稞面在百姓的饭桌上是无足轻重了。但是作为一个门源人，这青稞面擀的长面、杂面汤，在心里成了一种情结，时间长了，不吃一顿青稞面的饭，心里就有念想了。

  这青稞面虽然粗糙，比不上山珍海味，但在每一个上了岁数的门源人心里，家乡那质朴的青稞面，是无法忘却的。不管走到哪里，它质朴得不能再质朴的滋味，是地地道道家乡的味道，是每一个游子的挂念，是农家炕头的一道美食，是门源川里农家人待客不能缺的一道风景，一番心意。

冶生福

清茶记忆
花园在母亲脚下
乡愁是九月的麦草堆

冶生福,回族,1977年生,青海大通人。中国作家协会会员。2013年就读于鲁迅文学院第七届少数民族创作班。出版有长篇小说《折花战刀》《蓝月亮》,短篇小说集《阳光下的微尘》,长篇纪实文学《西海惊雷》,文化丛书系列之《花儿之乡·大通》等。长篇小说《折花战刀》《蓝月亮》获中国作协少数民族文学创作扶持项目。长篇小说《折花战刀》获青海省委宣传部、青海省作协2015年—2017年重点文学作品扶持项目。短篇小说集《阳光下的微尘》获第十五届中国人口文化奖文学类三等奖。散文《花园在母亲脚下》获2012年度青海湖文学奖、青海省第七届政府艺术奖,部分散文曾获《散文选刊》首届全国旅游散文大赛一等奖、首届"魅力临夏"散文诗歌大赛一等奖。

清茶记忆

当帮布达的邦克声响起,小村里的老人们先醒来了,小村也醒了,醒在沸腾的砂罐里,醒在氤氲的清茶里。在青海,在回族人的炕头,清茶又叫熬茶,是用茯茶熬煮而成的。每至清晨,伴随着缕缕炊烟,整个村庄沉浸在熬茶的香味里,这是青海乃至河湟谷地的回族村落所特有的。

奶奶早早起来倒腾起火盆,那只火盆是红铜的,边上雕有花草图案,还配着铜火钳、铜火铲、铜茶勺、铜茶漏。火盆边上放着木制茶匣,左边放盐,右边放茶。茶匣因年代久远,里面的盐都渗出木板来,使茶匣外面的花花草草斑斑驳驳地变了模样。茶匣旁卧着那只毛色花白的猫,不时仰头看着奶奶取茶,又眯上眼睛打起呼噜来。

奶奶看着砂罐里的水烧成了牡丹花样时,把茶放进去。

砂罐里炖的清茶最香，离村子不远就有一个专门烧制砂罐的叫桥尔沟的村子。《秦边纪略》记载，远在明代，有几百回民因战争失败来到大通县，被蒙古部落首领麦力干收留，安置于当地的北川、白塔一带，许"各仍其俗"，这些人大多是工匠，"善火器"，桥尔沟的"砂罐匠"们就是这些人的后裔。桥尔沟村背靠以无烟煤著称的金娥山，据《大通县志》载，早在明代，就有人在那儿挖煤。那儿的煤火头硬，灰少，烟少。民国时期，从大通到西宁有条煤道，每天都有许多木轮大车给省城送煤，自然是给那些军阀等富足人家的。砂罐匠就用当地的煤、青泥、红胶泥来烧制砂罐。

烧砂罐的主要材料是木柴和煤。煤金贵，除非家里有喜事，才烧点儿。奶奶有一个专门放煤疙瘩的小袋子，常立在门背后。为了滚香的罐罐奶茶，我们走上十几里路去煤矿矸石堆上捡煤疙瘩来填满这个小袋子。奶奶有时也让我们给河州阿奶送点儿去，我们不愿意，奶奶就会说河州阿奶是苦命人之类的话。

河州阿奶是个寡妇，小脚，仔细看，她皮肤还很白净。据奶奶说，当年的河州阿奶是村里最俊的女人，就像院里的大丽花，俊着耀人哩。河州阿奶把我们送去的煤疙瘩小心地存放起来，平时烧树枝，因而屋里总是罩着烟，木橼子熏得发黑，河州阿奶就在蓝烟里咳呀咳的。

据说河州阿奶的男人在马步芳手下当过什么官，当年家在西宁城，住两层小木楼。后来她男人被公审，她带着小孩投奔到这里，没有房子，就住在村头的一口破窑洞里。河州阿奶人很攒劲，能吃苦，时间不长也住进了简简单单的小木屋。河州阿奶有一对白瓷盖碗，晶莹剔透，奇的是碗上还有阿拉伯经文，河州阿奶一直把它当命根子。

我知道奶奶在茶里放了草果、荆芥、姜皮、桂皮、花椒等调料，喝完一杯热物儿茶能使人从脚热到头，从头热到脚。我还知道，奶奶像小村里其他人一样，能把简简单单的清茶炖得不一样，能炖撒着熟麦子的麦茶，能炖混合着熟面粉和牛油脂的熟面茶；有时还会往清茶里切一小块爷爷从牧区换来的酥油，初喝有点儿呛人，等喝惯了，满嘴香味；我还知道奶奶也会炖治病的沸茶。

等我们喝完清茶，吃完锅盔，奶奶就挪到土炕上的黑柜旁，这是青海回族人家特有的炕柜，分上下两层，上面放被褥，下面锁东西。黑柜子上画着大红大绿的干树牡丹、兰花、石榴之类，色彩热烈、夸张，柜门是那种对开门，钉着铜扣，挂着铜锁，样子古朴。奶奶摸出一把铜钥匙，有一拃来长，钥匙头有点儿像镂空的小牌子。看着奶奶慢慢推动钥匙，看着"吱嘎"作响的铜锁子，我就想象着里面好吃的东西，急切地盼望着柜门打开。

柜门打开了，奶奶拿出了一块老砖茶，放在炕桌上，小心翼翼地解开捆绑砖茶的麻绳，摊开牛皮纸，再把砖茶小心地锯成四块。奶奶把茶叶末儿扫进茶匣，找来红纸，仔细地包好茶块。奶奶包茶的技术很高，把茶块包得有棱有角、方方正正，鼓鼓囊囊地摆在炕桌上，奶奶又会另外包一小包青盐，放在茶上。

日头爬上了前院房顶，红酽酽的，像被清茶炖过。我的心早飞到了远方堂兄家。今天是堂兄结婚的日子，我便催爷爷快走，奶奶笑着说，急什么，又不是你娶媳妇。奶奶说要给我娶隔壁邻居家的法图麦，我说，我不要法图麦，她常拉鼻涕哩。奶奶说，你的鼻涕还没干哩，还嫌弃人家。我又急又气又羞，一屁股坐在地上不起来。爷爷朝奶奶努努嘴，挤挤眼，只听炕柜门一响，我手里就多了两块水果糖，我才跟着爷爷走了。

堂兄家很热闹，堂屋里的小柜上摆满了大大小小的茶包，人来人往，我们到达时时间已不早了，堂兄不时转到大门外望望，像在等什么人，又魂不守舍地走进沙家爸的茶棚里。

沙家爸是小村人家一有婚丧嫁娶时必请的人，他既不是宴席曲把式（艺人），也不是能烧回族老八盘的厨师，沙家爸的拿手好戏是给人家炖熬茶。小村回族人家的婚宴并不丰盛，还是过去的老八盘，先上酸菜粉条熬肉凉粉下马菜，再上四荤四素八样菜，外加一碗高香汤。

壶里的水在沙家爸的精心伺候下，依次打着哈欠、伸着懒腰苏醒过来，吵着闹着。照沙家爸的说法，水烧成牡丹花水时，就是放茶叶的最佳时机。只一会儿工夫，茶叶就在壶中上下翻腾，茶香就扑鼻而来，弥漫在清冷的空气中，整个茶棚茶气弥漫，沙家爸就消失在氤氲的茶汽里。沙家爸炖的奶茶最香，加了草果、桂皮等调料，再调一碗糊敦敦的黄牛奶子，茶上漂着一层奶油和两颗红枣，这是专给进洞房的新郎新娘喝的，据说喝了来年就能得贵子。

沙家爸会为两个人留一点儿，一个是舍木，一个就是河州阿奶。舍木一连几年都没孩子，总是心事重重，无精打采的。以前他比别人更渴望冬季到来，喝到洞房的奶茶，以了心愿。舍木喝完后似乎有精神了，腰也直起来了，闪身出了茶棚。沙家爸望着舍木远去的身影，总会叹一口气，望着茶壶出神。后来有人出主意，舍木带媳妇去医院检查，治了一些时间，到第二个年头，竟也得了一个女孩，然而，如今舍木抱着女儿还会蹁进沙家爸的茶棚里，死皮赖脸地喝奶茶，沙家爸不能拒绝他胖墩墩可爱的女儿了。

日头似乎在沙家爸的茶壶中炖了好久，西边越来越酽，越来越红，渐渐地变黑了，整个村子沉静下来。堂兄家的院灯亮起来了，唱宴席曲的都来了，舍木的小胖女儿也喝过了沙家爸的奶茶，另一碗奶茶上苫着纸放在炉子边上，沙家爸望着门外，我知道，他在等河州阿奶。

河州阿奶还没来，但院子里早热闹起来了，堂兄的哥哥反穿皮袄，戴萝卜眼镜，被村子的热闹人绑在堂前柱子上，大家看着他开玩笑逗乐。堂屋炕上笑声不断，宴席曲把式们喝着热物儿茶，用宴席曲从东家夸到新郎新娘，夸到亲戚朋友，夸到隔壁邻舍，还说到了茯茶：

茯茶出在汉中山，二月里到了树叶长。婆娘尕娃齐上山，背的筐来挎的篮。

手里将来筐里装，拿到家中锅里煮。锅里煮了挖在匣，挖在匣里拿锤砸。

踏成块儿真茯茶，四角拿着麻绳扎。车运马驮四路里发，发到兰州把印拓。

发到西宁把税纳,发天四乡里三大五老(零零碎碎)地抓。

老汉们喝上多轻巧,年轻人喝上没知道,但有尿床人喝上三天不尿尿,这就是皇上爷封下的轻骨草。

天黑透了,一些娃娃们打着哈欠回家了,河州阿奶躲躲闪闪走进来,她拿着个小包,找到堂兄后就要回去,堂兄硬把她让到堂屋,她一脸愧疚和局促不安,当看到满柜的大茶包时,她便使劲地用大衣襟遮住她的小茶包,可是小茶包还是探头探脑、不知事地露出来,她涨红着脸飞快地把小茶包塞在那些茶包里。然而还是能看出来,确实它太小了,我承认河州阿奶的茶包是这些茶包里最小的。河州阿奶的眼角分明闪过一丝泪光。我真想让河州阿奶的茶包变成最大的,还想着跑回家向奶奶要包最大的茶来替换掉河州阿奶的茶包。

河州阿奶这晚吃得很少,留给她的奶茶也只喝了几口。她一看见堂兄的身影,就不断地擦着眼泪。堂兄顺手从柜上挟了一个最大的茶包,拉上我去送河州阿奶。河州阿奶小脚高一脚低一脚地走着。

河州阿奶家里冰冷冰冷的,堂兄把茶包放到柜上,她也没开灯,只呆呆地坐在炕沿上。我俩走了好远,听到河州阿奶的哭声。我俩站住了,回头望着小木屋,小木屋子笼罩在黑色里,那哭声使我们不想再向前走一步。

没过几天,河州阿奶无常了。无常的当晚,堂哥就在旁边守着。看着她淌了一股清泪,清清爽爽地走了。全村人都来给她送葬,每家都拿来了茶,只是没包红纸,拿到坟上,又舍散出去。或许这是河州阿奶拥有茶最多的时候,只是她看不到了。在坟上,刘家爷说起那天河州阿奶送给堂兄家的茶还是向他借的,堂兄就表示要替她还茶,刘家爷说不用了,他早举意给她了,河州阿奶活着难,走了不能太可怜。

刘家爷早年曾赶着毛驴车走东走西,卖点儿针头线脑、油盐茶醋什么的,为此在"文革"中被定成投机倒把,批斗了好长时间。后来,改革开放了,他便去淘金,发了点儿小财,便买了村里第一辆解放车,成为小村里的风云人物,他便踌躇满志想去淘更多的金,车开到与门源交界的达坂山时,路况不好,汽车摔到山沟里了。人们发现他时,他正裹着破皮袄,用摔扁的铝壶炖着熬茶。人没事,车报废了。

时间不长,他又赶上毛驴车直奔大梁淘金去了。但刘家爷最终还是没能富起来。他常说，命运隔土墙，三升的皮袋还是三升哩。好，受哩。歹，也受哩。他的腰板似乎比以前更直了。他喜欢和爷爷一块炖茶聊天，喝了几壶的茶，聊了几壶的事，礼拜的时间到了，就跳下炕头，和爷爷去清真寺了。

亲戚来了福来了，青海小村里的土炕是常热着的，小村回族人家永远是好客的。炕头常摆着火盆，火盆里的砂罐常冒着茶香。哪怕家里揭不开锅，只要来客人了，主人仍然跳下炕，把客人让到炕上，让到最中间。抹完桌子，就倒腾起火盆来，一阵烟熏火燎后，滚热的熬茶和金黄的锅盔端上桌来。如果客人推辞不喝，主人就会非常不安，正如花儿所唱："清茶滚成牛血了，茶叶滚成纸了，双手端上你没接，哪儿得罪你了？"不过这样的事很少有，哪怕是来吵架的人，馍馍清茶都得端上来。

清茶就怕个拉干蛋（闲聊天）。在冬季，炕头上，砂罐里"咕嘟咕嘟"地冒着香气，围坐在炕桌旁，人们长一句短一句，说着世道人心，说着一年的庄稼收成。杯中的清茶添了又添，砂罐中的茶叶加了又加。看看日头已蹲到西墙头上了，客人就跳下炕，匆匆离去，主人望望远去的人，望望烟雾里的村庄，抿一口清茶，到厨房里忙活去了。

小村三面环山，山脚下淌着泉水，小村人就着泉水，熬着清茶，被清茶煮黄的日头，升了落，落了升，时间长了，就会使人们觉得小村其实也算个大砂罐。这人儿，这事儿，其实就是砂罐中浮起来沉下去的茶叶。一些人来了，炕桌上就多了几只茶杯；一些人走了，坟地里就多了几个坟堆。小村人对这来来去去的看得很开，人活一世，草木一秋，就像这罐罐里的茶，总有变淡的时候，总有倒完的时候。

只要有一口气，就得吃饭，就得喝茶，就得提茶走亲戚，自然对茶的好坏很在意的，比如说隔壁法图麦婚姻的事吧。通过媒人，法图麦许给了邻村一户人家，那家家境还算富裕，至少法图麦嫁过去不会受大苦。像村里别的姑娘一样，法图麦念书只念到五年级就辍学了。法图麦是家里的宝贝，疼归疼，爱归爱，在她母亲的调教下，法图麦茶饭做得好，缝补衣裳也是好手。那户人家前来送"问包"定亲，"问包"礼物一件件放在柜上，几套衣服、几块布料、几瓶化妆品，还有桂圆、冰糖、茶，礼物也符合小村的礼节。不知是疏忽了还是什么原因，犯了个致命的错误，送来的茶不是小村人喜欢的红框绿字的益阳茶，法图麦的父亲当时脸就凉了，不同意了。有人劝说法图麦的父亲不能为一包茶拆散婚姻。法图麦的父亲自有他的理论，他说，丫头是到人家家活人去的，这茶是小事，可不尊重人是大事，如果人家看不起你，丫头在别人家还怎么活人？最后喜事是办了，但那家也费了很多周折。

奶奶从此把这事吃到心里，就开始给我们积攒益阳茶，临终时还给父母口唤，说这些茶只能用在我们哥儿三个的婚事上。在奶奶的葬礼上，父母没动用它，葬礼上舍散的砖茶都是小村庄的人们送来的。奶奶走后，母亲打开炕柜，里面是满满的一柜茶，全是红框绿字的益阳茶。后来这些茶全用在我们哥儿仨的婚礼上了。

据爷爷讲，当年爷爷娶奶奶时，是赶着驴去的，驮着砖茶和盐包，驴不听话，背上的驮子总歪歪扭扭的，爷爷扶了又扶，看了又看，以至赶到奶奶家时汗水打湿了爷爷的青布汗衫，最后又歪歪扭扭地驮回了奶奶。奶奶无常了，爷爷又用驴驮着砖茶送到坟园门口，舍散给大家。爷爷用砖茶娶来了奶奶，又用砖茶送走了奶奶。送走奶奶的时间不长，铁匠出身的爷爷健壮的身体突然垮了，他临终只要了一口熬茶，头脑清楚地念着"清真言"走了。

日头照样升起，照样落下，日子照样在小村的茶罐里熬了又熬，有浓有淡。

花园在母亲脚下

炕桌摆上了,布苫上了。父亲把小袋子往外倒,一颗颗大豆精神饱满地从袋子里跳出来,有的调皮地还打了几个滚,有的就干脆骑到别人的头上,那些白胖胖的大豆在母亲的眼中乐开了花。在那个年代,母亲还从未见过这么胖的大豆种,她的手在大豆上摩挲着,摩挲着。父亲立在旁边,捂着一只衣袋,不说一句话。

此时阳光透过结满冰花的窗子,逗弄着那堆大豆,母亲不时替豆子们挡着阳光的戏弄。大大的白白的大豆种子被母亲坚决的手挑到另一只袋子里,干瘪的挑到另一边。尽管少,但总是让人那么喜欢。母亲手底下的豆子慢慢地少了,父亲还站在一边不说话。

豆种捡完了,母亲伸了伸胳膊,窗外依然寒冷。

"给!"一只更小的布袋伸到了母亲眼前,"海纳花种子!收好了!值半袋粮食!从很远地方带来的!"

父亲手中的小布袋顿时在母亲眼前开了花,那花绚烂地照亮了母亲的眼睛,照亮了母亲的脸。母亲接过小布袋,一粒粒地倒出来，又抹平了，是海纳种子，你看，这颗真大，自从在奶奶那儿见过后，还没见过这么好的种子。母亲全然忘了周围。阳光透过母亲手指缝照在那些小小的种子上，母亲觉得那些种子被父亲带来时冻坏了，便用手捂了一会儿，又觉得还是让阳光晒晒更好，又摊开了双手，回头望着窗外。父亲微笑着。

母亲看够了，也摸够了，又一颗颗放回小布袋，边收边说："什么时候去移干树牡丹？"父亲没回答，一脸的无奈。谁都知道这才是冬天呀！母亲又问了一句。

父亲"嗯嗯"着，眼睛却没有离开窗玻璃上的冰花纹。霜做的花瓣与枝叶，衬一点儿斑驳的远山。日头跳到窗格子上时，这些冰枝霜花才娇羞地融成水滴，在玻璃上留下道道水痕。父亲用手刮出一块干净的玻璃，朝外望着，院子里仍然是残冬。

西风扯起了漫天的风沙，一阵紧似一阵，我们蜷缩在房里，风沙从门缝里灌进了沙土，又灌进我们的鼻子，只一会儿工夫，我们的牙缝就碜得慌，看着我们辛辛苦苦糊了一天的风筝被风挂在大树上无助地挣扎，我们心里充满了憎恨，憎恨这西风，憎恨这寒冷的冬天。

母亲看着窗外的风沙微笑着，她不时用手指摸摸窗棂上的沙土,又闻闻沾在手指头上的土,笑意更浓了。

母亲说,你们闻,风沙里有湿润的水汽,如果再吹上几天,地就消了。

但呛鼻的沙土使我们无法认同母亲的看法。在我们看来,母亲永远喜欢自言自语,永远没有憎恨的东西,所以有点儿不可理喻。离三月还远,母亲便急不可耐地用小铲子去挖花园里的土,一铲下去,就碰到了硬硬的冻土。母亲放下铲子,叹了一口气。

花园是无法缺少的,如同我们茶里不能缺少盐一样,家家院子都有一个小花园,一进门就能看到,人们用矮矮的土墙围成花园,心细的人还会在墙上插上密密的竹竿,夏天时就能看到豌豆慢慢爬上去。除了种花,里面还会留一块空地,种点儿萝卜、油菜、香菜之类。当然也有人家嫌麻烦,没开花园子,整个院子就光秃秃的。庄稼人喜欢串门拉家常,但这样的人家,一般很少人去。

我家的这个冬天很难过。先前由于村人没说清麦种用农药的方法,父亲把药和种子直接拌在一起,播到了地里。当别人家地里的麦苗长到一拃时,我家那几亩地全无动静;又长了一拃时,我家的麦子仍赖在地里不愿醒来。

父亲急了,刨开一块地,种子是烂的,又刨开一块,种子还是烂的,一小块一小块的地在父亲手下刨开了,但刨开的全是发霉变烂的种子和无边无际的绝望。父亲呆坐在光秃秃的地中间,一块块地的伤疤包围着他,霉烂的种子包围着他。高原的春还有点儿寒意,但父亲的背却湿了一大片。

父亲捧着一把烂种子,走过我家空空荡荡的土地,又走过别人绿油油的麦田,我听到骄傲的父亲脊梁佝偻时骨骼"叭叭"的响声,甚至都能看到背对着荒地的父亲一点点缩小的尺寸。

我跟在父亲身后,边走边拾父亲指缝漏下的麦种,但还是有一些掉在父亲长长的背影里,落在父亲留在地里深一脚浅一脚的足迹里。那会儿麦种还很金贵,时令已过,再种也来不及了。

父亲连睡了一天一夜,脊梁骨的"叭叭"声和炕板的"吱吱"声笼罩着我们家,母亲守在炕边,小心翼翼地哄着,安慰着。

还是阳光捣醒了父亲,他看看我们,看看他带来的烂种子,坐了起来。我再也没听到父亲骨骼的"叭叭"声了。还是母亲有主见,在她的提议下地里又种上了青稞,这样秋天时不至于颗粒无收。

不久,我们去山坡上放牛,我们钻进别人田里摘豆子。牛一脚踩空,从坡上摔了下去。当别人的喊叫声把我们拉到牛跟前时,牛接连不断地从一个崖坎摔向另一个崖坎,像一个巨大的皮袋,一会儿凌空飞起,一会儿顺坡滚落,它身后扬起了一路尘土。我们张大了嘴哭着喊着追着,最后看着它软塌塌地堆在山脚下。

刀子还是没跟上,王家阿爷提来一只破镰刀时,牛已经定了。照我们这里的习惯,牛没跟上阿訇念清真言的刀先死了,肉是不能吃的。

我们躲到了母亲身后,父亲铁青着脸,叫来隔了两个村子的汉族世交,让他拉走牛。世交看着膘肥体壮的牛,说:"可惜,可惜,这么好的牛!"几个"可惜"扯动了母亲的泪腺,看着一把草一把草喂大的牛,她再也控制不住眼泪的涌动。

世交执意要给我们钱,父亲生气了,就说,你这是看我笑话吗?世交便不说话了。大家正准备把牛装到马车里,母亲说,还是把牛皮子留下吧。父亲又来气了,牛都不在了,皮子有什么用!我们都不敢看父亲,我们躲在母亲身后,母亲说,皮子留下,至少这牛喂大的。我们一直躲在母亲的身后,她到哪儿,我们跟到哪儿。父亲看看母亲,又看看牛。世交说，剥吧，给嫂子留个念想。

　　刀拿来了，磨得很快，刀上印着一把手，是爷爷从大河家那边带过来的——在我看来，那刀就一直那么快，闪着幽幽的光沉睡在牛皮鞘里，等待着有人叫醒它。父亲还是找了块细磨石，磨了两下，又用指甲试了试，父亲看着刀子，叹了一口气。

　　曾是收拾牛羊的好手的父亲看着鼻窍流血的牛，还是犹豫了，面对着一天天在他眼皮底下长大的牛，他握刀子的手微微发抖，父亲又把刀在衣服上蹭了蹭，蹭了好长时间，他不看母亲，也不看牛，尽管牛已定了，但他还是念了清真言，刀子从鼓起来的肚皮上轻轻划下去，划下去，他似乎怕惊醒沉睡的牛。刀在父亲的手中温柔地向前推动着，皮子温柔地在刀下分开着。我还从来没有看到过父亲这样慢这样轻地收拾过牛。他一边收拾一边自语。当我们拉牛蹄子的力量有点儿粗暴时，父亲就会回头狠狠地盯着我们看，看得我们低下头胆怯地看着刀子轻轻划开了牛肚，牛的内脏被父亲轻轻地摘下来了，肠子也整整齐齐地盘好了。

　　突然，父亲的刀停下了，他呆呆地看着牛肚子，我分明看到了父亲眼中的泪花，在他睫毛的挤压下滚动着，滚动着，悬挂着，但还是掉下去了。眼泪掉落的地方，我看到了一只成形的粉红色小牛犊在羊水中晃动着,在温暖中,被人突然放置于阳光下,显得那么无助。

母亲的眼泪更多了,她再也不敢看牛了。父亲对我说,拿上铁锨,跟我走。我跟在父亲身后,父亲捧着那只小牛犊走在前面,我躲在父亲的背影里慢慢跟上去,我似乎又听到了父亲的骨骼声,但也只响了那么一会儿。父亲挖了一个深深的坑,在下面铺了点儿草,轻轻地把小牛犊放在草上,盖上黄土填满了坑。父亲说,这样就能远离野狗的唾沫。

母亲卷好了牛皮,叠得四四方方的,对我说,把皮子送到寺里去。父亲的眼睛亮了一下,又红起来。在我们这里像牛羊这样的牲口,在家里辛苦了一辈子,若是念着清真言宰的,大家都认为这牲口就到了好处了。这牛在我家劳苦功高,它的牛奶钱可是我们学费的主要来源,可谁也没想到竟是这样的归落。母亲心不甘,她想着用牛皮来送牛最后一程。那天当把牛皮交给阿訇手中时,我似乎还看到牛尾巴调皮地朝我摇了摇。

那天父亲起了两次夜,看了两次牛棚。

地不出苗,牛遭横祸,这是庄稼人的大事。而后一件事是我们直接造成的,我们都不敢说我们摘豆子的事,我们哥儿几个半年没敢在家里笑过。但父母再不提这事了。

这一年冬天，我们硬咽着毛糙的青稞面，想念着白面馒头，背负着牛在山坡滚落的阴影，小心地回避着麦子和牛的词，盼望着春的到来。当听到母亲说西风吹来春的消息时，都忘记了西风曾吹走过我们的风筝，忘记了西风曾迷失过我们的眼睛，跟着母亲盼着春天的到来。

在这样的时候，母亲还在念叨移花的事情，父亲自然没心情搭理。

渐渐地，风中带了点儿泥土的香气，园子里有几根葱一夜之间探出头来，接着又招呼一大片葱"呼啦啦"全钻出来了。母亲忙用树枝掩上，但还是有两三根葱芽被鸡啄了。

笑意渐渐填满了母亲的皱纹。她迫不及待地下到地窖去，取了大丽花的宿根，根有些像香蕉，成串的，母亲把它们深深地种进花园，又浇上水。母亲种干树牡丹的心气更强了。

父亲是在晴朗的一天把干树牡丹移过来的。在我们看来，那不过是一把粘了点儿泥土的枯枝烂根而已，也没什么稀奇之处，但父亲当宝贝捧回来，根上还包着婴儿裹被似的塑料薄膜。花一来，母亲再也坐不住了，她跳下炕，麻利地挖好了坑，父亲把系了红布条打了结的一面朝向西面,像是清真寺朝向天房一样。父亲说花不能胡栽,要不活不了多久。

当浇了水、施好肥后,母亲天天从窗格子中望着干树牡丹,盼它快快成长,这种心情不亚于盼我们长大。母亲就看着它们先长出小绿苞,再冒出几片肥硕的叶子,当有点儿张扬的叶子郁郁葱葱时,花蕾便偷偷地探头探脑,蕾尖上冒一点羞赧的红色时,干树牡丹就为它的盛开造势,外面的一层首先伸展,随后花瓣从外到内一层一层地绽裂,直至露出黄色的花蕊。在园子中,这干树牡丹开得最夸张,怪不得母亲为这花念叨了一年。就在炖茶的空儿,她也会抽身朝外望上一两眼。

母亲是孤儿,遇了两个后妈,闯过了匪乱,挨过了灾荒,也经历了儿女抵牾的伤痛。每当母亲有事时,我们就准备好小铲子、洒水壶,还有肥料,母亲一进去就是大半天。

经过了一个山瘦水枯的冬天,经过了诸事不顺的一年,只要看看碧桃盛开,母亲就更有理由念叨花的事情。碧桃也是父亲栽的,树很大,整个园子就笼在一片红云之中,母亲喜欢站在树下。

到了盛夏,花的种类更多了:樱桃、石榴、月季、川草,印象深刻的是向日葵。张扬的大丽花不胜雨水滋润,还得母亲用竹竿撑腰打气。母亲站在花丛中,吵吵闹闹的颜色、你推我搡的局面总让母亲手忙脚乱,照顾那些花不比照顾我们费事。

母亲总觉得不过瘾,白天能和花们说说话,但晚上母亲总觉得它们又开始吵吵闹闹了,便索性折了几朵开得最调皮的花,每种颜色折一朵,插到面柜上的花瓶中,倒上水,这样她觉得花园里安静多了,她可以安安稳稳地睡个好觉。但这种局面也只是几天的时间。

急躁的父亲一进小花园,目光温和起来,动作也小心了许多,他会弯下腰来,给花搭个架,浇点儿水,除一两根草。

母亲说这些花也会说话,光看看这花园,我就相信母亲的话。

母亲还是最照顾海纳花,母亲每天跟海纳花说得最多,但总是低低地说,怕那些艳丽的花嫉妒,即使听见了,它们也听不懂。海纳开的是细碎的小蓝花,据说是从遥远的阿拉伯运来的。母亲孤儿时常用它染指甲。我们最爱它。母亲拔上一枝连根洗净,放些白矾,捣成花泥,临睡时,让我们洗好手,握了拳,把海纳的花泥小心抹在我们的指甲上,再用大叶子包起来。三双手被绿叶扎得紧紧的,不敢伸进被窝,就齐齐地举到头顶,排在炕沿上。我假闭着眼,听到了母亲呼吸中的笑意。海纳花的香味一阵阵地涌进鼻子里。

一早起来,指甲就变红了,也有不红的,焦黄焦黄的,我们就笑着说是手伸到被子里被屁熏黄了,还得重包。

到了九月,花都落了,李子成熟了,一身金黄,樱桃也熟了。眼馋的秋风还是把李子呀樱桃的鼓鼓囊囊装走了,装得太满没来得及装走九月菊。

这样的花园,村子里几乎家家有,多数人家的干树牡丹还是母亲移给的。移花是母亲最喜欢的工作,给自己移,也给别人移。

冬季还是来了,花园一片萧瑟,只有九月菊勉强露点儿紫色,其他花木都变干了,空留一园残枝。母亲急着挖出花的宿根,像婴儿般地抱着,小心地送到地窖里。

这一年,我们家的地窖里装满了洋芋和萝卜,粮仓堆满了麦子和油菜籽,油菜籽卖了个好价钱。我们家刚买的牛生了一只牛犊,毛色鲜亮鲜亮的,嫩得像初开的花。

乡愁是九月的麦草堆

我突然想念起我的乡村,想念那个"天堂的桌子/摆在田野上/一块麦地"的乡村,想念我曾守过夜的麦草堆。但我不敢贸然闯进乡村的胸怀,尽管村头那棵筑着鸟巢的歪脖树守望在晨光暮色里,还有金黄色的丰收盛宴展示在十月的麦场上。

在深秋,一个清晨,不惊动任何人,一个人,拖一身城镇的软骨,终于走向我的乡村。宝蓝色的天空下,一个个麦捆闪耀着金黄色,静静堆在打麦场上。面对纯净的色调,遮遮眼睛,是唯一可以做的事,封尘的双眼,真是无福消受这让人掉泪的宝蓝和铺天盖地的金黄!

几只白鸽安详地滑过宝蓝的天空。

母亲已走了,再不会有人背着小侄儿,在村头守我、等我了,家里的土炕依然干净,只是再也找不到母亲的哪怕一根白发……

静静心,点一炷香,靠着发黄的被子,呆望着窗外瓦蓝的天空，我知道这不是说话的时候。可是，可是那黑茶壶里的奶茶还说个不停……

家里的油菜籽堆在十月的麦场上，兄弟们只扬到一半，风就停了。麦场上一半是油亮的油菜籽，一半是金黄的草秸，静卧在众星依次点亮的暮色里。

夜不闭户早成为遥远的怀想，油亮的菜籽是化肥，是学费，是庄稼人一年的念想，还得有人守着，直到油亮亮地堆在粮仓里，倒在油缸里。

哥还要早起摊场碾麦，我就说让我守后半夜吧。哥看看我，还是那十几年前熟悉的目光，说：你别去了。但我听到了遥远的麦田里一个越来越清晰的声音，急切有如傍晚村头母亲唤儿声。我要去。我坚持着，哥沉默了，他再看我时眼中多了几分喜悦，也多了几分复杂。父亲说："就让他守后半夜！土里滚大的人，就要往土里钻。"

凌晨时分，我踩着"吱嘎"作响的冷霜，走向麦场替换我哥。四周一片寂静，如同这沉默了百年的回族村庄。如水的苍凉浸润着十月的麦场，浸润着我毫无准备的心脏。披一件皮袄，揣一颗忐忑的心，莽撞地出现在深秋的麦场，突现在眼前的是村庄的另一面，没有白天金色的辉煌，没有白天丰收的欢畅。一切都在庄严中沉默，一切都在沉默中庄严，或许这才是夜晚村庄的深刻吧。

哥从麦草垛中笨拙地钻出来说，扎帐篷太冷了，你就睡在麦草中，里面热乎。哥简单交代几句，便消失在夜色中，只把乡村的夜晚留给我。

冷气从四周汹涌而来，此刻不会再有花前月下的闲情可赋，也没有还酹江月的豪情可抒。这样的夜晚，唯一能做的只能是裹紧皮袄，跳上最大的麦草堆，老鼠般钻一个洞，再向前后左右挖一点儿，一个草屋就出现了。侧面挖个瞭望孔，我的整个夜晚的任务就完成了一半。

草屋很温暖，月光透过洞口洒落在身上，微风掠过麦草堆，草儿在风中飒飒作响，诉说着它们的心事。

耳边响起了"嗡嗡"的声音，我警觉地用手电筒从瞭望孔朝外照照，那声音消失了。

麦场上其实很安静，远处传来一两声狗叫，一如我重复多年的梦，悠然又绵长，那黑白分明的油菜籽就沉睡在月光下。

冷气从麦草缝隙中挤进来，钻进袖口和领子，浸透我的皮肤。我哆嗦着苫几把麦草，盖住洞口，月光透过麦草洒在我身上，斑斑驳驳，一如传唱多年的童谣。

这样的夜晚是不会再有睡意的，沉甸甸醇厚悠长的睡眠，应该属于那些日出而作、日落而息的养活我们的兄弟姐妹父老乡亲们，这样的夜晚适合做一个思想者，但我不是。

麦草垛静默在高原深秋的清冷中，而我坐在麦草堆温暖的怀抱里，所有语言都无法表述我身边的麦草和粮仓中的麦子。

"诗人，你无力偿还／麦地的和光芒的情义"，是的，麦子从黄土中奇迹般生根，发芽，拔节，抽穗，灌浆，结籽，养活我们的性命，它是有神性的。

在十月乡村月光下的麦草堆里，我缺钙的灵魂只想念那个一生歌颂麦子的兄弟——"麦地诗人"——海子。

"当我没有希望／坐在一束麦子上回家／请整理好我那零乱的骨头／放入那暗红色的小木柜。"回家，是诗人的愿望，也是所有人最终的愿望。

麦子，养活我性命的兄弟，今晚我终于和你在一起了，肩挨肩，手挨手，我们一同呼吸，我们一同倾诉。我听到了你在春天沉寂的黄土中等待时雨的孤独和焦灼，我听到了夏日曝晒中你枯萎的身躯托风儿捎带的祈祷，我听到了秋雹肆虐中麦穗头顶的炸响，我也看到了秋日里你低垂的头颅感念大地的恩情。

镰刀和碌碡是你一生的宿命，它割断你与大地的脐带，碾尽一切尘世的念想,我能理解那惊心动魄的悸动。

在今晚,我以你为屋,以你为席,以你为我抵御高原的孤独,还有深夜的冰凉。打麦场上一片苍茫,映照千年的月光正流淌在这孤独千年的回族村庄。本想与你们、与养活我长大的兄弟们,说说各自的难怅事,而你们一开口就沉默了,沉默如这千年的村庄,沉默如这亘古的苍凉。

或许只有夜晚,人才会看到重重甲胄之下的心灵,给自己一个真实。苏轼在月夜凌波于江,李白在月夜对影成三人,达摩月夜面壁悟乾坤,先哲们月夜见月月照万川……而我只是一个深秋麦草堆中枯坐、枯坐再枯坐的枯人。我不是诗人,也不是洞察万物的哲人,我只想念着那个在麦地边撒腿奔跑的兄弟诗人。

"当我痛苦地站在你的面前／你不能说我一无所有／你不能说我两手空空。"

是的,我知道我无法回报这生于黄土的麦穗恩情,我只是一个在月夜的麦草堆中,猛然想起自己童年的人;一个渴望在太阳底下、麦田之中,让自己站成一株麦子的人;一个挥着破布和众多麦子仰望天空的守望者。

清晨,鸡叫声中,清真寺邦克声声,村庄醒了,人们走向各自的麦场,打碾着各自的希望。

透过麦草,借着月亮的余晖,父亲慢慢走向麦草堆,他想喊我,却又犹豫着。我多么希望他像多年以前我逃学时那样,提着我的耳朵,严厉地吼一声,但他在沉默里转身走向打麦场。

此刻我真想拉住他,给他说说水泥的草坪里不种麦子只种草,给他说说麦子的故事,给他说说这沉默的村庄……但我知道他总会用平淡的口气说,这就是光阴,麦子的光阴,人的光阴!

掀开麦草,钻出麦草堆,迈步走向打麦场,脚下很松软,是一块一逢时雨就能长满麦子的土地。

回来了?回来了!……乡音熟悉得让我心口发热。

扛把工具跟在父亲身后,翻动麦草,麦粒抖落在麦场上,金黄的麦草屑刹那间升腾在空中。

与往常不同,再没有人笑话我,笑话我别扭的干活姿势,大家都不说话,忙碌在麦场上,我倒希望他们停下来说几句,可他们在沉默中忙碌着。

不一会儿,麦草堆成小山,用推刨把麦子集中起来,金黄的麦子和衣草混在一起。看看风向,挥动木锨在风中扬麦,还是那套传承百年不变的姿势。扬麦的不慌不忙,木锨随风力风向张弛有度,轻飘飘的麦草顺风而去,籽粒饱满的麦子闪耀着金光,从空中落到身上,再落到地上。

我似乎看到瘦弱的母亲拿着大扫帚扫啊扫,麦粒落在母亲那发黄的黑盖头上,又顺着佝偻的身子滑落,滑落……父亲抓把麦子,摊在手掌心,随即捏几颗,顺手扔进嘴里,咬得"咯嘣咯嘣"响,一脸皱纹在"咯嘣"声中舒展开来。人们匆匆忙忙相互约定日期,品尝新麦,炸油香动香气,念《古兰经》,要做个全美的祈祷。

因为此时"天堂的桌子/摆在田野上/一块麦地"。

我跪在麦堆上倒麦子,天堂的桌子此刻摆在我家的粮仓,也摆在所有忙碌了一年的父老乡亲们的粮仓。热气腾腾的新麦馒头散发着香气,正切切实实地弥漫在村庄上空。

马在渊

白牡丹令

马在渊,西宁人,1988年生人。著有《刘介廉先生编年考》《苏菲有门》《五更月讲记》《苏菲喧话录》《河湟英雄传》等。

白牡丹令

我从来没有想到会为一种花写一篇文章。北京这个时节春夏不分，热气已经有些蒸蒙。避烦最宜听音乐，偶然瞥见有网友推荐朱仲禄的花儿选集。打开一听，第一首就是朱先生的成名作《上去高山望平川》，一下子把我带回河湟的牡丹丛里。歌词很简单："上去个高山望平川，平川里有一朵牡丹；看去是容易摘去是难，摘不到手里是枉然。"那音色亢亮如高原的云，就真的像是高山上望平川，一览无余，气象宏阔，好音乐有画面感，有些音乐里能看见大海，朱先生这里全是天高云阔的高原。好的花儿歌手，毫无保留，从不吝惜感情，不留空白，犹抱琵琶半遮面是文人的把式，花儿歌手作弄不来。他们的感情浓烈得就像盛开的牡丹，要开就全部打开，一点儿都不怕人看。

直到我离开河湟，故土的风物才一桩桩一件件地在眼前撩人。牡丹就是这样一种撩人的花。在民间没有不爱它的人。那细致讲究的人家，总会在院中奢侈地辟出一方花池，其中自然最钟情牡丹。那四方的围院，中间开这么一大片给牡丹，人日常穿行倒是走那切出的边道。浑不知院中牡丹倒成了这家的主人，那喧宾夺主的优雅如在帝王之家。牡丹有王者气，花池太小养不住，要尊它敬它。那盛开的季节，这素朴的院落，四面都沾牡丹的光，那华贵的气象让整个天都明丽起来，贫寒素净的人家都沾了这份富贵气，只要牡丹花开，平日的简陋屋院也成了那旃檀华堂，有了光和色，建筑没有光色注定是败笔。人在那牡丹花下吃饭走路，平常人家的儿女也好像帝王妃子一样有气度。整个一年的精气神全靠那一季的牡丹养住。

牡丹被中国的文人鄙夷，嫌它俗气，却不懂何为人间世景。百姓的世界里最爱的却是这牡丹，他们才不看你那案头清供的枯梅。我知道河湟的人为何偏爱这牡丹。这一方的人全是那化外边民，老少男女都有江湖的霸气，欣赏不了那小家碧玉的花花草草，唯有牡丹的王者气象才衬得上。花儿歌手喜欢牡丹，牡丹是唱不厌听不腻的主题。生活的艰难买不走他们骨子里的富贵，再清贫也得抱一株牡丹才好。要是花儿里不唱牡丹就像饭里没了盐。花儿这个称呼我都怀疑是从牡丹化来的。我在网络上寻找有关花儿中涉及牡丹的歌词，惊奇地发现有一个名叫"尤努斯"的河州回民居然下了很大的功夫收集花儿中的牡丹，题名就叫《传统河州花儿唱牡丹》，发表在报端，数量巨大，占据了整个版面，我读来兴奋，结果被"未完待续"怏怏止步。这个尤努斯应该也是个懂牡丹的有趣的人。

花儿有很多很多的令，其中有一种令就叫《白牡丹令》，牡丹是花中王，白牡丹又是牡丹中的王。令，是花儿的曲调。这个词谁也说不清是什么来源，我推想这似乎和苏菲有着极大的关系，从西班牙到中国西北横跨亚欧的地平线上，有念不完的苏菲赞词，每一种赞词都有一种叨令（哩）。叨令（哩），本来就是一曲、一回合，一曲一个调子，所以在苏菲里说什么叨令（哩）就是什么调子。这个令（哩）的颤音在平音为主的汉语里极其难发，或许令和哩快速反切能多少得到一点儿意味。而在阿语中，这个令（哩）是最基本的发音。当苏菲带着中亚、西亚的叨令（哩）进入河湟以后，会不会影响了当地的民歌，民歌从这种异域的天籁中得到灵感，进而发展成自己独特的叨令（哩），而这个音逐渐化为汉语发音的"令"。这绝非异想天开，深谙花儿的人一定知道,花儿唱功中的有些音色在日常的说话中找不到,只有在那个特定的令中才有。我的直觉告诉我,那种音色一定来自阿拉伯语和波斯语。我在兰州的黄河边和一个花儿研究专家激烈地讨论过这个问题,我当场吟唱了一些苏菲的赞词,居然真和花儿有重合之处。

花儿这东西,河湟各族都爱唱,尤以回民、保安、东乡、撒拉居多,名家辈出。这应该也是天然的语言优势,除了语言,穆斯林身上的诗性也是最重要的原因。在北京的斋月结识的一位阿富汗留学生,每晚都和我讨论鲁米、哈菲兹、欧麦尔·哈亚姆的诗歌,讲到深处激动不已,拿出自己手机从中找出波斯原诗当众朗诵。他告诉我,他的少年时光,打发漫长冬季的一项重要活动,就是年轻人聚在热炕上联诗作乐。

苏菲诗歌里全是情诗,借男女之爱表达人、主关系,而花儿也是情歌,主题是花儿(尕妹)和少年(阿哥)。花儿的词里唱道:"山里高不过太子山,川儿里平不过四川;花儿里俊不过白牡丹,人里头好不过少年。"花儿的一个别称就是少年,花儿就是少年,少年就是花儿。

不知道河湟栽培牡丹的历史始于何时,我们尽可以想象一位到唐朝两京朝贡的穆斯林商人,大唐的气象让他震惊,更迷人的是那暮春三月、长安水边"蹙金孔雀银麒麟",迤逦而行的丽人在牡丹丛中,人花相照的一瞬,天光水色都披上那珠光宝气,这,让他想起家乡。《回回原来》里的皇帝赐婚毕竟是个传说,我更喜欢这样的民间自然。第一代本土穆斯林的出生,或许就是长安水边多看了那一眼牡丹的因缘。牡丹,就这样和穆斯林结缘。

差点儿忘了,牡丹才配得上大唐气象,那可是人间真富贵,元气淋漓。那是只有《虢国夫人游春图》和《簪花仕女图》里才有的英爽激发。《簪花仕女图》里那高髻所簪正是大朵的牡丹,这是大唐风尚。这种夸张的簪花今日只能在西北的花儿会上看到。我指给朋友看:喏,她上面簪着牡丹,下面插着茉莉,茉莉可是原产西域的,一定是西域的情郎送给她的礼物,说不定还唱了首波斯语的花儿呢,哈哈。

莲和梅走进中国人的精神图景,已经是宋代,元气已经亏空,怨不得有这洁癖孤高。周敦颐何曾明白"自李唐来,世人甚爱牡丹"的原因。那富贵的世景气象是万国来贺的自信自足。没有王者风范是养不住这牡丹的。文人把持着文字,从此牡丹少见书本。文人画里是残山剩水,而民间画永远是花好月圆,那花说的是牡丹,传统一直未断,这就是民间的生生不息。

我从小生长在牡丹丛边,但对牡丹的深刻观照却只有两次,两次都是在兰州。一次是在大学校园,我们那黄土山四围的秘密基地,山上长树都是稀奇,却不知道从何时遗留下来一丛丛牡丹,开在这黄土盆地中,花开时节,就像土陶碗里盛了一捧捧璎珞珍珠。有着牡丹在,黄土里的日子也就好过了,曾不知时间是怎么过去的。就像孙悟空的师父菩提老祖问他来山中多少时日,悟空回道:"弟子本来懵懂,不知多少时节,只记得灶下无火,常去山后打柴,见一山好桃树,我在那里吃了七次饱桃矣。"我也懵懵懂懂美美地看了四季的牡丹。美美,在家乡的方言中还有用力、使劲的意思,可见想在生活中经营出一片美要花多大的气力。黄土里的这丛牡丹是得努了多少的劲头才开得这么美美的。我租住在校外的村里,每次骑车回去,都从牡丹丛中穿过,有一天忽然就折了两枝回去,在路边的垃圾堆里捡了一只酒瓶子,白瓷细颈,巧的是上面彩绘的正是一丛牡丹,原来是河州产的牡丹酒,难怪。清水洗净,插下牡丹,顿时那间土屋满堂华彩,真有富贵气象。那一刻,深明"富春"一词的妙来,原来春天是可以这样富足的,原来真富贵是这样不卑不亢、自信自足。

我想起阿宝回忆朱仲禄先生的文章："今年5月份专门去拜会了这位我敬仰的伟大歌手，朱老师知道我来，非常开心，特意从前院摘了很多新鲜的牡丹花插在花瓶里，并且以花儿的形式编了歌唱出来，说他今天非常高兴，牡丹花代表了他的心情。"我能想到这位花儿王像个优雅的贵族，用自己托在耳边一辈子的手采来最美的牡丹，净瓶供养，把胸中的高原丘壑传达给远方的年轻贵客。他那只采花的手，彼时已经干枯如牡丹的枝子了吧，是否还能拢起耳朵一尽歌兴？牡丹是花中之王，他是花儿的王。我无缘和这位乡贤见一面，但遥远的时空之后，还能幸运地听到他王者的声音。这种折花待客的优雅是古代的遗风，在我小时候家里的老人还有这习惯，来贵客了要去买一束花待客，沙枣最甜，能入梦，牡丹最好看，显隆重。那时候巷子里也常见卖花人，富贵是要通人情知礼数的。

还有一次，在兰州的山上，一大片牡丹园几乎能让人迷路，这是一位别号叫"灵一高会子"的苏菲大师的纪念地。牡丹大如碗口，高能没人，墙壁上题有两句诗：唯有牡丹真国色，花开时节动金城。很幽默地把唐句中的京城改作金城。改得好，牡丹自从移植河湟，迅速适应这里的水土，更要美盛于京城。金城（兰州）牡丹和河州牡丹是绝品，那东都洛阳的牡丹反而稀落了。你听花儿有唱："好绸缎出在苏杭州，好牡丹出在了河州；有心了跟上阿哥走，把旁人丢给者后头。""庭前芍药妖无格，池上芙蓉净少情。唯有牡丹真国色，花开时节动京城。"这就是唐人的气象，唯喜牡丹。芍药和芙蓉也花如盆碗，大气蓬勃。但芍药多了一分，芙蓉又少了一分，多一分妖，少一分淡，只有牡丹刚刚好。刚刚好，不扬不敛，不淡不腻，把握住分寸，所以合当它做王。

这个别号有些道家意味的苏菲，也是这样一位爱牡丹的人。道家曾和苏菲展开过历史悠久的深度对话，这位被后人敬仰的苏菲大师，当时来往不乏道士。据说他喜欢往金天观听戏，金天观也有一园好牡丹，他爱听的是《吕洞宾三戏白牡丹》。道教神仙吕洞宾三度白牡丹的故事被民间戏剧化为三戏，多了轻浮俗气，但民间人爱听。蓬头赤足、疯疯癫癫，手持一朵牡丹，逢人就嘻嘻笑，这是他在我心中的形象。他的名字叫马一龙，字灵明，民间尊称"疯汉太爷"，他离世的那一天是三月十九，正是牡丹花开的季节。清末的乱世里，他在兰州街头的微笑，有几个人能看得懂。他用疯癫张狂隐藏了自己的真富贵，留下西园一园子的牡丹。多年以前，我做过一个清晰的梦，我走进疯汉太爷的拱北,那和家里那张民国照片一模一样,我在他墓前吟唱起了苏菲的赞词,突然手中的一支香瞬间绽放为大如脸盆的白花,泪如雨下。我当时以为那是莲花,现在看来是白牡丹,只有白牡丹才配得上他。一个梦原来需要这么久才能圆。

中国的道家喜欢清净,苏菲追求妙世,但都喜欢牡丹。这个被中国文人摒弃的俗花,绚烂富贵,怎么都和清净妙世联系不起来,为什么却这么喜欢?这是真主的一个机密。这顿亚(今世)上的热闹富贵是暂时的欢场,阿海莱(后世)的荣华是永久的乐园。苏菲哲学里用这世景活活示现给你看,浓烈逼人的色彩,繁复目眩的图案,除了是对自然的收纳供养外,更深演一种神秘气质。色、妙是苏菲哲学中的两个命题,无穷尽的色由那唯一的妙衍出,用色堪破妙,这是苏菲艺术家的良苦用心。细密画的色彩无所不用其极,清真寺的几何花纹繁杂到如坠星河。所有一切都指向最终和最初的那个"一"。道家以清净无欲为本,但法器礼服却花团锦簇金碧辉煌。老子说"五色令人目盲",细密画大师的最高境界竟然是画到眼睛瞎掉。看破富贵的人,才享得起富贵。所以好牡丹多出在寺观道堂,不在王侯将相家。想到这里,眼前浮现出河州某个拱北的照壁前,水墨砖雕，上题一匾：清真妙境。下面是开得正浓烈的姹紫嫣红的牡丹。而墙上砖雕的主题，不出意料地也正好是那繁复的牡丹。

我的一个长辈说过一句："早知世人爱富贵，宁画牡丹不画莲。"他也是一个苏菲，画得一手好牡丹，色彩能击穿人的眼睛。花儿里这样唱："白牡丹白者耀人哩，红牡丹红者破哩；尕妹的身旁有人哩，没人是我陪者坐哩。"一个"破"字，让所有文学家陡然失色，这是来自民间的底气，一股子激流不退的倔强。河湟民间说，头割掉不过碗大的疤，又说牡丹花开成碗口大。生命的壮烈、爱情的绚烂，全在这一碗衣食之间。看过一部台湾电影，印象最深的是只有一个镜头：天桥下一个盲人乞丐，自顾自拉琴，面前放着一只碗，碗下一张纸，上面写着"人生缺憾，一碗承受"。我当时一惊，至今还记着这个场面。有个故事，一个苏菲在山洞修行，每天只吃一碗饭，每次吃完以后把他那只木碗翻过来放在地上磨一磨，他的弟子很奇怪问为什么，苏菲告诉他，等碗口和碗底一样齐的时候，我就该回家了。

每一个花儿歌手的心里都有一朵牡丹，牡丹是很难说清楚道明白的一种感情，"看去是容易摘去是难，摘不到手里是枉然。"这词只有花儿歌手自己明白。阳世上的风景全寄托给了牡丹。听友人讲,美国搞花儿研究的教授千里奔赴积石山,到《马五哥与尕豆妹》的原产地听花儿歌手演唱,听到"青石头根里的药水泉,担子担,桦木的勺勺啦舀干;要得我俩的婚姻散,三九天,青冰上开一朵牡丹。"老泪纵横,泣不成声。"山无棱,江水为竭,冬雷震震夏雨雪,天地合,乃敢与君绝"的汉家古风已经躺进了历史文献里风干,但在这里,《上邪》的誓言就活泛在百姓的日用间。最深的哲学命题,全在吃穿用度中。民间爱牡丹,把最美的姑娘叫牡丹,院子里种的是牡丹,墙上画的是牡丹,枕头上绣的是牡丹。喝茶一定要开得最滚烫的水,这水有讲究,叫牡丹水,那沸腾起来开的水花像牡丹一样好看,冲到盖碗里的时候还在沸腾。甚至在 28 个阿拉伯语字母中,一个字母有好听的名字叫"牡丹海"。就因为一个圆形中间一撇分成两瓣,像个花瓣一样,发音"海",不叫梅花海、莲花海、杏花海,偏要叫牡丹海。小时候发蒙学字母,叫抱经板,在阿爷的竹笔下这个海毫不费力一笔连成,灵动如那初开的牡丹。这个牡丹海,在苏菲哲学里是最艰深的两弓一弦,元气初判,化为阴阳,也就是牡丹水冲撞到茶叶的初刻。

牡丹花期并不长，富贵不会久住在世。牡丹花期一过，就是那招手可见的花儿盛会。"我亦龙华游胜会，牡丹听罢独徘徊""老僧新开浴佛会，八千游女唱牡丹"，清人的诗里明明白白把花儿称呼为牡丹，难怪，在花儿歌手心里，除过牡丹，别的都不算个花。"看花是要看牡丹哩，活人是要活少年哩。"六月六的会场是河湟民间最盛大的席面，超过了所有的节日。这也是花儿歌手一举成名的舞台，歌手们个个摩拳擦掌，跃跃欲试，听众早就净盆清水淘洗好了耳朵，好的歌手只有会场上才能找见。这音乐会不需要通知，不用广告，不买门票，没有荧光闪耀，没有高音喇叭。有的是松鸣岩、老爷山、药水滩、七里寺这样的名片，时间一到，拖拉机、三马子、摩托车、小班车、驴车、骡车蜂拥而至，"八千游女唱牡丹"这样的数字绝非虚言。大姑娘、小媳妇、老公公、叔伯子不再避嫌忸怩，世俗的礼法在这一天全部放假休息。女儿家的心事在平日间的锅灶针线间结了厚厚的茧子，唯有这六月的歌声能化开。白牡丹熬成了九月的菊，对面的阿哥你可知道？

这就是花儿的武林大会。这是民间对礼法的自觉抵抗，这是江湖人的盛会，不是那造星的秀场。笑过、哭过以后，那素面朝天的仍旧在锅灶间体态端淑，面朝黄土的更加孔武有力。日子就在这一期一会中如牡丹开了谢，谢了开。花儿会，简称一个"会"，老少皆知，"明年的会上见"——一句口头的约定足以等待整整一年。一期一会，天道巡回。六月六的西宁凤凰山顶，左边的公园花儿飘如海浪，右边的拱北里诵经声沉如海底，六月六也是这位元朝大苏菲的忌日，谁知道他有没有把西域的叨令（哩）传授给人？只知道他是随着成吉思汗进入中国，那个光阴里兵气如海，能在这海里波澜不惊的，除了千里西行一言止杀的丘处机外，还有这样一群苏菲在维系太平，苏菲所到之处从来兵不血刃，他们心疼那人间的真富贵。正在那海浪和海底呼应的时候，一个少年坐在这个城市的顶端看云，大朵大朵的云彩像白牡丹一样耀人。